花嫁のれん
老舗破門

小 松 江 里 子

幻冬舎文庫

花嫁のれん　老舗破門

花嫁のれん　老舗破門

目次

良き思い出は、心の宝。
その宝をつくっていただくことこそ、
おもてなしの心。

第一章　友禅のおもてなし

一

朝から大忙しだ。

奈緒子《なおこ》は、玄関前の板敷《いたじき》の廊下を通り、客室のある二階への階段へと向かいながら足を急がせた。

玄関奥の少し広めの坪庭には、九谷焼の大きな鉢があり、そこに活けられている紅葉が、屋根越しに差す秋の日差しで鮮やかに輝いている。

今日の着物は、紫水晶《むらさきずいしょう》の加賀友禅。

絵柄は、葡萄《ぶどう》栗鼠紋《りすもん》といい、桃色で光沢をつけたいくつもの葡萄の房が描かれ、その下には、リスが飛び跳ね、木の実が転がっている。

この季節、奈緒子がよく着る着物だ。

「女将《おかみ》さん、菊の間、そろそろお願いします！」

「楓の間もお願いします！」

朝食の膳を下げ、階段を下りて来た仲居たちが奈緒子の横をすり抜けながら、次々に声をかける。

「はい、今からうかがいます」

今一度、帯締めをキュッと締め上げる。

これから、女将の日課である朝の客室への挨拶回りが始まる。

金沢は、紅葉が見ごろの今が、一年を通して一番の観光シーズンで、梅、竹、楓、百合など、花や木の名がつけられた二階に十四ある客室が、すべて昨日から満室なのだ。

かぐらやは、明治に創業してから、百五十年以上続く、老舗旅館である。

金沢には、女川《おんながわ》と言われる穏やかで優美な浅野川《あさのがわ》が流れ、いくつもの橋が架かっている。その中の一つ、梅の橋を渡り、川沿いの道を右手に折れ、なだらかな坂を上ると、遠くに卯辰山《うたつやま》が見える。その反対側の小高い丘の先に、鄙《ひな》びた木造りの門が見え、由緒ある書体で「かぐらや」と書かれた額が飾られている。その門を潜り、飛び石のように続く石畳を行くと、古びてはいるが、やはり老舗の風格がある旅館が見えてくる。

奈緒子がこのかぐらやの長男の神楽宗佑《かぐらそうすけ》と結婚したのが十年前。すでにその頃は、四十を過ぎており、当時流行っていたアラフォー婚だった。色白の丸い顔立ちに、大きめの二重の目。少し目尻が下がっているが、そこは愛嬌で、いつも明るい笑みをたたえている。年より若く見られがちだが、女将の襲名披露をし、れっきとしたかぐらやの女将になってから、もう七年が経つ。

いつもより、少し遅れているのでつい気がせいてしまう。結い上げている髪のおくれ毛を片手で整えながら、階段の踏み板に足をかけようとした途端、足袋底がすべりかけた。

ヒヤッとし、息を飲む。

かぐらやの階段は昔の作りのままなので奥行きが少し狭い。それで、お客様には、「お足元にはお気をつけ下さい」といつも言いながら、二階へとご案内するのだが、自分のことになるとこの有様だ。

と、聞きなれた声がした。

――あんたは、そそっかしいのやさかい。急ぐ時ほど、ゆっくりとや。

ブルッと寒気がし、思わず襟足をすくめ、辺りを見回す。

だが、誰もいない。

それもそのはず、その声の主は、去年の秋にあっけなく亡くなった。

奈緒子は本来が、せっかちな質《たち》である。

おっちょこちょいとまではいかないにしろ、誰かに頼めばいいものを、それよりも自分が動いた方が早いと、すぐに動いてしまう。一晩、よく考えればいいものを、「善は急げ」とばかりに、こちらもすぐに返事をしてしまう。それで上手くいけばいいが、たいていは二度手間になったり、早とちりだったりと。

そんな奈緒子を見て、「何で、あんたはそうなんや」と、いつも呆《あき》れ、大きな溜息をついていたのが、このかぐらやの大女将《おおおかみ》であり、姑《しゅうとめ》であった志乃《しの》である。

「女将は、どんな時も落ち着きが大事。動かざること、山の如《ごと》し。何事にも揺らがない心を持たねばなりません。些細なことといえど、決して、軽々しく行動すべからず」

志乃は常々、奈緒子にそう諭していた。

女将とは、女の将と書く。

志乃は、まさに、そんな女の将で、金沢では、誰もが一目置く大女将であり、奈緒子の目指す女将の姿でもあった。

だが、姑としては……。

思い出しただけでも、今も胃の辺りがキリキリ痛みそうだ。

「このえんじょもんの嫁が」

奈緒子は事あるごとに志乃にそう言われていたのだ。

えんじょもんとは、この金沢独特の言い方で、他所《よそ》から来た人のことを指す。なので、東京から来て、志乃の息子であるかぐらやの長男と結婚した奈緒子は、まさに「えんじょもんの嫁」ということになる。

今どき、「えんじょもん」とか「嫁」とか、時代錯誤もはなはだしいと思われそうだが、それが、いまだに残っているのが、加賀百万石の頃から続くこの金沢の地だ。その昔からの伝統、しきたり、そして風習がまだまだ根強く息づいている。

だが、志乃は「えんじょもんの嫁」と言いながらも、奈緒子に「女将の素質あり」と見抜いた。

そして、「あと一つ」「あともう一つ」とさまざまな修業を与え続け、奈緒子を一人前の女将として育て上げたのだ。

そして、去年、それを見届けたかのように、あの世に旅立った。

と、奈緒子は思いたい。

だが、どうやら違ったらしい。

時々、今のように、志乃の叱りつける声が聞こえる。いつもどこからか奈緒子を見ているようで気が抜けない。

――お義母《かあ》さん、いいえ、大女将。

――何とか頑張っていますので、安心して下さい。遠くから、何卒お見守り下さい。それだけで十分です。

　手を合わせて、心の中で呟《つぶや》く。

「女将、何をされてるんですか？」

　今度は、頭の上から聞こえる。

　ハッとして見上げると、客室に朝食を運んだ房子《ふさこ》が空のお盆を手に、階段の途中から奈緒子を見下ろしている。

「この忙しいのに、そんなところで立ち止まって。猫の手も借りたいほどなんですよ」

　フチなしの眼鏡の奥から、ジロッと目を三角にして睨《にら》みつけた。

　この房子、北陸一の仲居頭《なかいがしら》で、その指導が厳しいことでも有名だ。奈緒子より一回り以上も年上であるが、ともすれば奈緒子よりキビキビと動き、手先も器用で、口も立つ。それもあり、女将となった今でも、指導教官のような存在で奈緒子もいまだに頭が上がらない。

「すいません、ちょっと……」

　奈緒子がそう言い終わらないうちに、覗き込んだその目が何かに気づく。慣れた足取りでササッと下りて来ると、お盆をとりあえずは、向かいの談話室のテーブルの上に置いた。そして、「回れ右！」と指示をする。

「あ、はい」

訳がわからないが、有無を言わさない。さすが指導教官だ。

奈緒子が背を向けると、帯をグイッと直しだした。

「女将ともあろう方が、こんな帯の締め方などをして」

今朝は、この帯がなかなか上手く締められず、それで手間取ったせいで、忙《せわ》しないのだ。

「言いたくはございませんが」と手際よくグイグイ整えながら、

「女将は身だしなみが第一。人は見た目と言いますが、女将こそ、まさにそうあるべきでございます。その見た目でお客様は、その旅館が信用できるかどうかを判断されるんでございます。なのに、こんな帯のひん曲がった女将を誰が信用して、お世話していただきたいと思いましょうか？」

「ひん曲がってまでは……ちょっとズレてたかもしれませんが……」

鏡で何度もチェックしたので、そこまでひどくないはずなのだが。

「ハ？」

「あ、いえ……以後、気をつけます」

愛想よく笑顔を向けて、慌てて口を閉じた。言い返すと、倍返しにされるのは目に見えている。

その房子の向こうの玄関では、下足室でお客様の靴の手入れをしていた増岡《ますおか》が顔を覗かせ、きっちりと五分刈りにした、還暦をとうに過ぎた頭を申し訳なさそうに下げている。

「すみません、決して、悪い人ではないのでございますが……」そう言いたげだ。

増岡は、かぐらやの支配人、昔で言うところの番頭さんである。いつも清潔でパリッと糊《のり》の利いたかぐらやの紋が入った法被《はっぴ》を着て、仕事に専念する実直な人柄である。そんな増岡は、言いたいことを物申す房子の側で、いつも恐縮している。

房子と増岡、この二人は、女将が一国一城の主《あるじ》なら、その城にとっての頼りがいのある守りの要の重臣だ。

――けれど、頼りなく思っているのに違いない。

大女将であった志乃と比べると、奈緒子はまだまだである。奈緒子もそれは重々承知している。

だが、そんなことを言っている場合ではなくなってきているのだ。一昔前なら、老舗の看板だけでお客様は来て下さったが、今はそうではない。

この金沢には、最近とみに、次々とホテルが建設され、海外の一流ホテルのフランチャイズもオープンしだしている。中には、資金を潤沢に投入し、最新設備も兼ね備えた、おもてなしを売りにした高級旅館のようなリゾートホテルまである。

そんな中で、かぐらやのような家族経営で代々続いてきた老舗旅館がどう生き残っていくか。それが、今まさに、目の前に突き付けられている大きな課題なのだ。

そして、その舵取《かじと》りを任されているのが女将の奈緒子である。

「さ、これでいいでしょう」

しっかりと結び直した帯を押し出すように房子がポンと叩く。

振り向くと、奈緒子は二人に頷《うなず》いた。

「じゃ、行ってきます」

今度は最初の一段目に慎重に足をかける。

——何事も、最初の一歩が肝心だ。

そうでないと、物事は成功しない。

奈緒子は今、新たなかぐらや作りを始めているところなのだ。

二

「失礼します」

客室の前室に入ると正座して声をかけた。

ここは二畳ほどの畳が敷いてあり、その奥が主室となっている。

と、仕切りの襖《ふすま》に手をかけ、開けようとする前にお客様の声がした。

「女将、これ、なかなか美味しぃよ」

昨日からお泊りになっている岩田様という年配の男性のお客様だ。春には卯辰山の桜、秋には兼六園《けんろくえん》の紅葉を観に、毎年、富山から奥様と一緒にお見えになる。

中に入り、辞儀する奈緒子に軽やかな声で、「かぐらやの朝食に洋風料理なんて、いかがなものかと思っていたが。いいねえ、こういうのも」そうおっしゃる間にも、スプーンを口に運ぶ。

今、食べてらっしゃるのは、耐熱用のお皿に載っているアンヘレスである。

アンヘレスは、こんがりとオーブンで焼き色をつけたスペインの家庭料理で、半熟に焼き上がった卵をくずし、トマトソースと絡めて食べるお料理だ。

「あんなに文句を言ってたのにねえ」

その向かいに座っている奥様が面白そうに笑う。

この秋から、かぐらやでは、洋風の朝食メニューもご用意することになった。老舗旅館にとっては、これは一大決心である。

「かぐらやの朝食といえば、板長《いたちょう》のお作りになる、和の朝食と決まってございます」

房子などは最初大反対した。

かぐらやの板長は、志乃の夫であり、奈緒子の舅《しゅうと》である辰夫《たつお》である。その腕は確かで、日本中から、その味を堪能しにさまざまなお客様が訪れる。

その辰夫の作る朝食は、かぐらや自慢のふろふき大根や、だし巻き卵などが並べられ、特に焼き魚には、板長の辰夫自らが目利きして仕入れる一夜干しをお出しする。

今の季節は、のどぐろが旬で、背の皮を箸で開くと、パリッと音がし、白い身から脂が溢れ出す。その身を口に入れたとたん、ぷりぷりしている触感がまずはあり、次に甘い脂が舌の上にとろけほどけていく。さすが白身のトロと言われるだけはある。

まずは、そのまま、何もつけず、何口か召し上がっていただいたところで、今度はスダチをかけ、お好みで大根おろしと数滴のお醬油を垂らせば、また違った味わいが楽しめるのだ。

そして、もう一つのこだわりがある。

「焼いているだけなのに、何が違うのかねえ」とよく聞かれる。

かぐらやでは、焼き魚には炭を使う。

「炭は火が回るまでに時間がかかり、手間もかかるが、じんわりと中から食材のうまみが溶けだし風味が醸《かも》し出されるのや」

これも何十年もかぐらやの板場を任されている辰夫のこだわりである。この辰夫の腕があってこその、かぐらやの自慢の和の朝食となったのだ。

岩田様ご夫妻は、この和の朝食を昨日、召し上がった。それで今回は二泊のご予定なので、「明日の朝食は、洋風などいかがでございますか?」と奈緒子がお薦《すす》めしたのだ。

だが、「かぐらやで洋風の朝ごはん、しかもアンヘレスなんて、そんな横文字の料理を食べるなんてねえ」最初そう渋っておられた。

「ですが、食わず嫌いは何とやらと……」

岩田様は、もうすでに引退したが、富山では印刷業を経営していて、一代で屋台骨のしっかりした会社にすると、後を息子に任せ、今は趣味の釣りをする毎日だという。

「楽しめばいいものを、いつも張り合ってしまうんだよ。隣の釣り客より、大きいのを釣ってやろうとね」

そういう負けず嫌いのところがある。それで、昨日も奈緒子のその言葉に、「よし!」と乗ってきた。

「そうまで言うなら、食べてみようじゃないか。だが、美味しくないときはハッキリと言わせてもらうよ」

「もちろんです」

そう自信を持って言えるのには訳がある。

アンヘレスは、アンヘレスでも、かぐらやがお出ししているものは、一味違う。

岩田様も、香りでそれに気づかれたようで、「これは、出汁《だし》に椎茸《しいたけ》を使っているのかい？なるほど。それで、日本人にも親しみやすい味になってるんだな」と納得したように頷いている。

「はい、おっしゃる通りです。干した椎茸の出汁を混ぜ合わせて、独自の風味を付け加え、かぐらやならではの料理にしているんですよ」

奈緒子が相槌を打つと、片や奥様の方は、「私は、このスープがとても気に入ったわ」と顔をほころばせた。

緑と白がいい色合いに混ざり合ったクレソンのポタージュスープである。

「のど越しもよくて、少し苦みがあるけれど、後味のすっきりとした甘さがよくってよ。けれどよくクレソンを使おうと思ったわね」

「金沢は、山麓《さんろく》から流れ出す雪解け水が豊富で、クレソンがよく育つんです。地元で採れた野菜で何かをと考えて、板場と相談して、アンヘレスと一緒にお出しするスープにと」

そうお答えした。

酸味のあるアンヘレスとまろやかな旨味のスープは、味の相性もとてもいい。

その他も、パンは、毎朝、近所のベーカリーから焼きたてを届けてもらっているし、添えているサラダも地元の新鮮な加賀野菜である。

「かぐらやの新たな名物料理になりそうだな、女将」

岩田様は、最後一口のアンヘレスを平らげると、そう言って下さった。

――良かった。

安堵の笑みが込み上げてくる。この洋風の朝食が新たなかぐらやへ向けての第一歩で、これが成功するかしないかが大事な勝負だったのだ。目の前の岩田様も気に入って下さったように、お客様の評判は上々である。

奈緒子が笑顔でお礼の返事をしようとする前に、「はい、ありがとうございます!」と嬉しそうな声が後ろからかかった。

前室との境の襖の前に控えていた、この客室のお世話係を担当している彩《あや》である。

クリッとした黒目がちな目が勝気な印象を与えるが、少し上を向いた鼻が、奈緒子の下がった目尻のように愛嬌《ちゃいぎ》を添えている。髪は耳の下で切り揃えた今風のボブであり、かぐらやの仲居が着る紫の茶衣着には、どうかと思っていたが、何でも着こなせるようでよく似合っている。

彩は、まだ二十代半ばで、つい数か月前までは、老舗旅館とはまったく縁のない、東京のビジネスホテルに勤めていた。ものおじしない性格で、「お客様からのそういうご感想が、一番励みになるんです」と、今もハキハキ答えている。

「そうそう、この仲居さんにもよくしてもらってるよ。新顔なので、どうかなとも思ったが」

「元気がいいのがよくってよ。それに、何でもハッキリと言って下さるから」

「夕べもね」と岩田様が続けられた。

「食事のあと、もうひと風呂浴びたくなって、それで、浴場の湯船にのんびりつかって、上がって廊下に出たら、彼女が顔を見せてくれてね。お湯加減はいかがでしたかって、聞いてくれたんだよ。もう客間に布団も敷き終わった後だったのに、まだいてくれたんだなってね」

彩は、当然ですと言うように、

「はい。浴場には他にご入浴のお客様もいらっしゃらなかったので、お世話する私が気をつけていないと。もうお年を召されているんですから。何かあったら大変です。お年寄の方の事故や突然の発作などは、風呂場が一番多いと言いますからね」

岩田様も奥様も一瞬、えっとなった。

奈緒子も、慌てて振り向くと彩を見て、目配せする。

彩も気づき、すぐに「しまった」という顔になった。

お客様ご自身が年のことを口にされるのはいいが、こちらから言うことではない。電車でも、お年寄だと思って席を譲ると、中には、それをよしとしない方もいらっしゃる。

それに、旅先で事故だ、発作だなどとは、とんでもない話だ。

「あの、岩田様……」

機嫌を損じてないかと見ると、まだ呆気《あっけ》にとられた顔をされていたが、ご夫妻で顔を見合わせ笑いだした。

「いや、その通り、もう年寄だ」

「そうですよ。私もね、止めたんですよ。なのにね。どうしても入るってきかなくて」

「だが、こういう仲居さんがついていてくれると安心だ」

これも、今朝のお料理が気に入って下さったお陰かもしれない。美味しい食べ物は、人の心を穏やかにゆったりとさせる。

その言葉にホッとし、「ほんとに申し訳ございません」奈緒子は低く頭を下げた。

「彩さん、今後は気をつけて下さいね」

客室を出るとすぐに注意した。

彩は一言多いというより、その物言いがストレート過ぎるのだ。

——物事は、言い方次第だ。

同じことでも、引っ込み思案な人には、「いつも控えめで謙虚ですね」と言った方がいいし、頑固な人には、「信念がおありなんですね」と相手の長所としてお伝えした方がいい。

奈緒子にしても、おせっかいだと言われるより、面倒見がよいと言われた方が、嬉しいし褒められた気がする。

そういう物言い一つ、慣れないとなかなか難しいことだとはわかっているが、ここは老舗旅館、言葉一つとっても、大事なおもてなしだ。

「お客様の立場に立って、少しでもご不快だとか、ご気分にさわるような言葉は慎むようにいいですね」

自分に対しても戒《いまし》めるように念を押し伝えると、彩もしっかりと頷いた。

「はい。すみませんでした。わかってるんですけど、つい……」

そして、溜息をついた。

「ほんと、気を遣いますよね、旅館の接客業は」

やれやれというように首を左右に回す。

少し謙虚さが足りないかもしれないが、それも仕方ない。

彩が勤めていたのは、飛鳥《あすか》グループという日本中に二百以上ものチェーン店を持つ大手のホテル経営の会社で、そこの日本橋店の支配人をしていたのだ。

その飛鳥グループの社長が、彩の母親であり、将来自分の後を継ぐ一人娘に経験を積ませようと支配人に抜擢《ばってき》したようだ。だが、もちろん彩自身の才能と努力もあってのことだと奈緒子は思っている。

彩は、初めてかぐらやにやって来た時、いきなり「かぐらやのおもてなしのレッスンを受けたいんです」と言ってきた。そして、あろうことか、「おもてなしをホテルのおまけとしてつけたいんです」とも。

大女将志乃がもし生きていたら、その場で息を飲みひっくり返ったはずだ。老舗旅館のおもてなしを、おまけだなんて聞いたこともない。

だが奈緒子は、そんな彩の強気な一途さが気に入り、レッスンを認めた。

老舗旅館とホテルの接客の違いもある中、彩は、ひと騒動を起こしたりもしたが、そんな折、幼い時に離婚し家を出て行った父親が客としてかぐらやを訪れた。その時、父親が幼い自分との思い出を心の支えにしていることを知ったのだ。

――良き思い出は、心の宝。

それは、志乃を始めとした、代々のかぐらやの女将たちの志でもある。その心を間近に感じたのである。

それもあり、その心を学びたいと、飛鳥グループを辞め、仲居としてかぐらやで働き、女将修業をすることになったのだ。

「じゃあ、岩田様に食後のお飲み物、ご用意してきますね」

ようやく少し馴染みだした茶衣着の背を向けて、先に行く。

と、朝風呂に行かれるお客様とすれ違った。道をお譲りし、姿勢良く、礼儀正しく角度をつけてお辞儀した。

――あ……それは……。

旅館では、お客様とすれ違いざまに会った時は、さりげなく会釈するだけである。浴衣姿でくつろいでいるお客さまに、気取ったお辞儀をすると緊張される。ホテルのような辞儀は、旅館では場違いな接客なのだ。

お客様も、怪訝《けげん》な顔をして通り過ぎていく。つい今しがた、相手の立場に立ってと話したばかりなのに。

急ぎそばに行くと、小声でまた注意する。

「彩さん」

「あ……」

すぐには気づく。

「すみません、ここ旅館でしたね」

肩をすくめ、ペコリと詫びのつもりの辞儀をすると階下に下りていった。

奈緒子の方こそ、やれやれである。この彩が女将修業を無事に終えられるかどうか。それもう一つの奈緒子の課題である。

だが、それより、今は。

小さな一歩かもしれないが、新しいかぐらやに向けて着実に漕ぎだした。

「人間にとっては小さな一歩だが、人類にとっては、偉大な一歩だ」

初めて月に降り立った、宇宙飛行士の言葉だ。小学生の時に授業で習い、へえと思ったのを奈緒子は今でも覚えている。

月面着陸とアンヘレスでは、それこそ月とスッポンのような具合だが、奈緒子にとっては、それぐらいの大きな前進なのである。

——よし！　がんばるまっし！

階段を下りながら、また踏み板を踏みしめた。

だが、しかし。

いいこともあれば、良くないこともある。

それが世の常だ。

辰夫が機嫌を損じてしまったのだ。

三

「そのうち、ワシはもうお払い箱になるかもしれんなあ」

辰夫がこれ見よがしに呟き、庭に面した縁側代わりの廊下で爪を切っている。

神楽家の母屋は、旅館からの渡り廊下を渡った奥にあり、一階には、台所と居間、奥座敷と、その隣に今は辰夫一人になった寝室までがある。居間は半分開け放された磨りガラスの戸と台所でつながっており、そこで、旅館の仕事が終わった後、みんなが揃って夜食を食べるのだ。

奈緒子はその居間のちゃぶ台の上に取り皿などを並べながら、辰夫の様子をチラッとうかがった。

辰夫はすでに傘寿《さんじゅ》を越えているが、今でもかぐらやの板場を現役で預かる板長だ。髪は白髪のようでいて、銀髪に近い。長年連れ添った志乃が亡くなった後は、落ち込んでもいたが、奈緒子がしようとしている新たなかぐらや作りが始まると、周りも慌ただしくなってきて、そうとばかりもしていられず、何かと奈緒子の力になってくれてもいる。そんな理解のある良き舅なのだが……。

――今夜は、不機嫌そうな顔だ。

あの後、彩が、また余計なことを口にしてしまった。

朝の客室への挨拶回りを終え、厨房に戻ると、配膳台で仕切ってある向こうの板場では、すでに今日の朝食を作り終え、後片付けをしだしたところであった。

かぐらやの板前は、板長の辰夫と健太《けんた》と哲《てつ》、そして一番年若い翔太《しょうた》である。早速、配膳台越しに先ほどのお客様の感想を奈緒子は伝えた。

「竹の間の岩田様、アンヘレス、とても美味しいとお喜びでした」

真っ先に声を上げたのは、その料理を作った翔太である。

「ほんとですか？」

「ええ、今度来た時、また食べたいって」

「やった」

片付けの手を止め、小さくガッツポーズする。

この洋風料理は、この春からかぐらやの板場に立ち始めた翔太が任され作っている。

翔太は、志乃と辰夫の孫であり、奈緒子と宗佑の甥である。今時の端整な顔立ちで、板場の仕事着である白衣から普段着に着替えると、雑誌に出てくるモデルの男のコのようにも見える。芯もしっかりとしていて、若いのに頼りがいもある。

いい加減な叔父の宗佑が、事業を起こしては失敗し、失踪を繰り返すなどして借金に借金を積み重ね、志乃や奈緒子に迷惑をかけ続けてきたのをそばで見ていたので、ああいう男にだけはならないでおこうと、十代の頃から自分に言い聞かせていたようだ。その翔太が、志乃が亡くなった後、このかぐらやの跡取りになると決意してくれ、せっかく入った大学を中退して、料理人の道へと進みだした。

そんな翔太に奈緒子は、東京のホテルの厨房で二年間、修業してもらってきたのだ。そこで、人気だったメニューが、アンヘレスである。

彩も後から、そのお皿を下げて入って来た。

「ほら、全部召し上がって下さったわよ。よかったわね、神楽くん」

きれいに空になっているお皿を両手で突き出し翔太に見せた。

「神楽くん」というのは、彩が翔太を呼ぶ時の口癖だ。

翔太が修業していた東京のホテルが、彩が支配人をしていたビジネスホテルであったため、その時の上司と部下の関係が続いている。なので、今でも「神楽くん」と上から目線なのだ。

そこへ、仲居の知子《ともこ》や弘美《ひろみ》、和代《かずよ》も下げた器を載せたお盆を手に戻って来た。

アンヘレスのお皿は、こちらもすべて空である。

「梅の間のお客様も大喜びでした！」

「楓の間のお客様なんて、かぐらやで、こんなハイカラな料理が美味しくいただけるなんて、感動ものだって」

「前から、洋食の朝食があったらいいなって思っていらしたんですって。でも、老舗旅館だし、無理だろうって諦めてたって」

　次々に褒めそやす。そこへ、房子まで急ぎ、やって来た。

「すみません、アンヘレス、今から作れますか？　百合の間のお客様、夕べお聞きした時は朝食は和食でとおっしゃってたんですが、アンヘレスも食べてみたいと」

「え？　ほんとですか」

　翔太が配膳台の向こうから身を乗り出すように聞き返した。

「はい。何でも、朝風呂を浸《つ》かりに浴場に行かれたところ、ご一緒になった他のお部屋のお客様がアンヘレスを食べて美味しかったとお話しされたようで、ご自分も、是非、味わってみたいと」

「板長、どうですか？」

　奈緒子も嬉しくなり、板場の辰夫を見る。

　旅館の中のことは、女将の奈緒子が決めるべきことなのだが、板場だけはそうではない。料理のことは、板長が何事も決める。それが、かぐらやの習わしなのだ。

が、その辰夫だが、

「もう、こうして片付け始めてるのや。作る言うても、材料が……」と乗り気ではなさそうだ。

けれど、辰夫がそう答えているその後ろでは、翔太がすでに冷蔵庫からソースの入ったタッパーを取り出している。

「大丈夫です。トマトソースは何かの時にと思って、作り置きしてあります。それに、出汁もまだ残っているし、卵も」

籠《かご》にあるのを見せる。ヤル気満々である。

「けど、時間がかかるやろ。今からオーブンで焼くのでは……」

「それはお客様の方もわかって下さると思います。そうですよね。房子さん」

「はい。なんせ、急に言い出されたんですから」

房子も頷く。

「では、作っていただけますか？」

奈緒子がもう一度、辰夫に尋ねた。

一瞬、間を置いたあと、「それやったら、ええやろ」と答えたが、しぶしぶの様子である。

この辺りから、奈緒子もン？　となってはいたのだが……。

「はい！」

威勢よく返事し、早速、翔太が作りだす。それを見ていた、先輩の板前である哲と健太が、まずは余計なことを言った。

「今朝は、和食より、洋食の方が出たんじゃないですか？」

「これじゃ、そのうち、洋食を注文するお客様の方が増えるかもしれませんね」

そう言ってから、慌てて口を閉じた。辰夫が、誰が見ても不機嫌だとわかる顔をして、そっぽを向いているのだ。素早く気づいた房子がとっさに、「いいえ！」と力を込めた。

「そんなことはございません。かぐらやの朝食は、板長の作る和の朝食と決まってございます。皆さん、一度、新しい料理を食べてみたいだけでございます。ね、女将」

「はい」

奈緒子も即座に続く。

「板長の作る朝食は、かぐらや自慢の朝食、それは何があっても変わりません。ですよね、房子さん」

「はい」

聞き返した奈緒子に房子も即座に返事する。

実は、この房子、新しいかぐらや作りに賛成とは言いがたい。

「大女将が作り上げたこのかぐらや。私の目の黒い内は、好き勝手なことはさせません」と公言してはばからない。

なので、奈緒子のすることには、まずは反対する。だが、こういう時は別である。今も二人して頷き合う。

それに少し気をよくした辰夫が、「そうかァ」とまんざらでもない顔を向けた。

と、思ったら、彩である。

「もちろんそうでしょうが、ですが、今、かぐらやが目指しているのは、新たなかぐらやです。そのかぐらやを作り上げるためには、まずは、これまでのかぐらやをぶっ壊さないと！　老舗の古臭いイメージを新たにするためにも、板長の作る朝食より、神楽くんの作る洋風料理を、かぐらや自慢の朝食として推すべきです！」

ここでもストレートな物言いである。

先ほどの度々の奈緒子の注意さえも、どこかに吹っ飛んでいるようだ。房子は口をあんぐりと開けている。

「神楽くんもそう思うでしょう？　やる時はとことんやらないとね。がんばるまっし！」

アクセントがやや外れながらも、覚えたての金沢弁で気合まで入れた。

恐る恐る、辰夫をうかがう。

辰夫は、黙ったまま、もう口を開こうともせず、遠くを見ている。

手を動かしながら聞いていた翔太は、申し訳なさそうに俯《うつむ》き、顔を上げられないでいる。

「洋風の朝食がかぐらや自慢の朝食になる日も近いか……」

辰夫がまたボソリと言う。

「お義父《とう》さん、そんなことは絶対ありませんから」

「絶対？　そんなことがあるやろか？　絶対、死なん思うてた志乃がワシより先に死んだのや。この世に絶対はない！」

そして、爪を切る手を止めると、

「奈緒子さんは正直、どう思う？　ワシの古臭い朝食より、翔太の作る料理の方が美味しいと思うか？」と奈緒子に向き直った。

「あの、先ほど彩さんが言った古臭いは、老舗旅館のことで、お義父さんの作る朝食のことではないと……」

「いや、ワシには、ワシの朝食が古臭いと聞こえた」

「決してそんなことは……」

だが辰夫は、ここは容赦しないというように、

「かぐらやの朝食として、翔太の作る洋食を朝食として出すのを許したのは女将である奈緒子さんの手前もある。志乃亡き後、奈緒子さんが、このかぐらやをどうにかしようと、がんばっとるさかい、それに力になりたいと思うたのや。それにな、本音を言うと、ワシも最初食べた時は、これはいけるかもと思うたが、二度三度食べるうちに、あの味は飽きるはずや」

翔太は先ほどから、足をそっと縮こまらせ、正座している。

板場で一番下の翔太は、最後まで残って片付けをしている。今日も、その片付けをした後、辰夫に詫びを入れようと、急いで母屋に戻って来たのだ。だが、翔太が話しだす前に、辰夫が背を向け、爪を切りだした。

かぐらやの板場に立ったとはいえ、翔太はまだ板前の修業中である。祖父ではあっても、辰夫は板長だ。

料理人の世界は特に上下関係が厳しい。もう十年以上、辰夫と一緒に料理を作っている哲と健太でさえ、毎日、辰夫が板場に入る前には、すでにまな板と包丁、食材を準備して待っている。そして、辰夫の「よし、始めるぞ」の声で、包丁を握り、「はい！」と料理に取りかかるのだ。

そんな板長を差し置いて、かぐらやの自慢の朝食に翔太の洋風料理をと言われた日には、翔太もまた立場がない。何もまだ話せず、黙ったまま辰夫の話を聞いているだけである。

「どうや？　奈緒子さん、いや、女将。そう思わんか？　自慢の料理になるのは、何十年も通い続けてくれるお客様が、来るたびに美味しいと言ってくれる、そんな味になった時や。そうやないか？」

「それはおっしゃる通りだと……」

この場をどうしたらいいものかと話を合わせていると、今度は、辰夫の矛先が奈緒子に向いた。

「それと、聞いてるで」

「はい？」

「客室回っては、アンヘレスがいかに美味しいかを話してるそうやないか？」

「あ、それは……」

「食べてみてはどうかと、その気もないお客様に押し付けるように勧めてるらしいやないか」

「あの、すみません……」

事実なので、謝るしかない。

「ほんと、申し訳ないと……ですが、まずは食べていただかないことには、始まらないので、多少、押しが強くても、今は、そうした方がと……」

「と、いうことは、奈緒子さんかて、翔太の料理を持ち上げとるいうことやないか？　なんや、えこひいきされているようやな」

「あの、お義父さん？　ほんとに、板長のお義父さんの作る朝食あってのかぐらやだと、私始め、みんな思ってますので、どうか、そこは……」

——これは、こじれにこじれる気配だ。

こうなるとあの志乃でさえ手を焼いていた。普段、温厚な人に限って、一度、機嫌を損ねるとやっかいである。まずいことになったと思っていると、辛抱しきれず翔太が声をあげた。

「おじいちゃん、いえ、板長のおっしゃる通りです。今はまだ物珍しいから、皆さん、食べてみようかと思われているだけです。これからが正念場です。何度でも、美味しいと言われるように、今に満足せず、精進していきます！　これからもご指導、よろしくお願いします！」

両手を目の前の畳につき、頭を下げた。それを見て、辰夫がもったいぶったように顎《あご》を突き出した。

「そこはわかっとるのやな」

「はい！」

まだ頭を下げたまま、腹の底から返事をする。と、辰夫が奈緒子を見て、ニヤリとした。

何かあるはずだとは、奈緒子も薄々思っていたのだが……。

先ほどから、奈緒子に言っているが、聞かせたいのは、どうやら翔太のようである。

辰夫は、板場では、板長としての威厳があるが、母屋では、穏やかでやさしい祖父であり、孫の翔太がかぐらやの板場に立ってくれたことを誰より喜んでいたのだ。

――きっと辰夫は、翔太に板前としての、大事な心構えを教えたいに違いない。

志乃が奈緒子に女将修業をさせたように、辰夫もまた板前修業を翔太にさせようとしているのだ。

「旨い料理やと周りに言われ、自分もその気になったら、料理人はそこで終わりや。今日より明日、明日より明後日、もっと美味しくしようという努力の積み重ねがあってこそなんや。これでもうええと、満足した時から、味は落ちていく」

辰夫がそう言っていたのを奈緒子は聞いたことがある。

――何事も日々の修業が大事。

女将修業もそうであるが、料理人も同じである。これでよしと思ったら、そこまでなのだ。

辰夫は、それを伝えたくて、一芝居を打ったのだろう。

今日はここまでと言うように爪を切り終えると、敷いていた新聞紙に包み、片隅にあるゴミ箱に捨てる。いつもは、昼下がりの縁側で休憩時間に切っているのだが、この話をするため今回は夜にしたようだ。

奈緒子もようやく腑に落ち、一息つく。

と、今度は、隣の台所の方が騒がしい。今日の夜食は天ぷらである。休憩時間に奈緒子が下ごしらえをしておいたのだ。

様子を見に立ち上がると、火にかけた鍋を前に彩と房子がさい箸を手に文句を言い合っている。

一人ぐらしの房子は、この近くにアパートを借りていて、志乃がいた時から、夜食を一緒に食べて帰って行く。そこに、同じく一人暮らしをしだした彩まで加わることとなった。

二人してその天ぷらを揚げている最中なのだが、

「そのへっぴり腰は何ですか？」

「だって、ぱちぱち跳ねるんですよ」

彩は逃げ腰の体勢である。

「当然です。天ぷらなんですから」

「苦手だからいやだって言ってるのに」

「これも修業です！」

「女将修業とは関係ないじゃないですか」

「つべこべ言わない！　ほら、ひっくり返す！」

「あの房子さん、あたしが代わりますから」と間に入ろうとするが、

「女将である奈緒子さんが、そんな甘い態度だから、いつまでも、彩さんは好き勝手なことばっかり言うんです」と奈緒子まで睨まれ、入ろうにも入れない。

「今日も、旦那様の前であんなことを口にするだなんて」

「だから、それはもう謝ったじゃないですか？」

あの後、奈緒子が繰り返し注意したところ、彩はまたしてもあっとなり、その場で反省したことはしたのだ。

だが、房子は、「あのおかっぱ娘は」と、ぼやいていた。彩の耳元できれいに揃えたボブの髪型は、古希も過ぎた房子にしてみれば、おかっぱである。

「これはボブです！」

「いえ、おかっぱです！」

そのことでも、何かある度に言い合い、まだ決着はついていない。

居間では、辰夫と翔太が、まだぎこちなく、どちらからも話しかけられずにいるし、台所では彩と房子が天敵のように睨み合いながら、天ぷらを揚げている。これでは、旅館の仕事

を終え、母屋に帰って来てからも、くつろげるどころではない。

そこへ、「ただいま」と宗佑が帰って来た。

夫の宗佑は、ひがし茶屋街で「かぐらや弁当のお店」という名前のお店を出している。台湾で修業し習得してきた小籠包が売りのお弁当屋さんだ。

その小籠包、熱々のイメージがあるのか、夏の間は、なかなか売れなかったが、涼しくなってきたのでまた売れだしたようだ。

「おかえりなさい」

「いや、行列ができちゃってさ。大忙しだよ。観光に来たお客さんも、帰りの電車で食べるって、買ってくれるし、いやいや、商売繁盛で何より何より」

廊下から、まずは笑顔で台所にやって来た。

この宗佑、いまだに借金があり、その保証人になった奈緒子が返し続けている。ようやく最近、「これをその足しに」と、奈緒子にお金を払いだしたが、それも店の売り上げがいい時だけで、あったりなかったりである。亡くなった志乃もしかりで、志乃が銀行から借り入れてくれたお陰で、今の店がもてたのだ。つまりは、志乃の借金で出来たお店である。

甘いとはわかっているのだが、どうもいつもうまくはぐらかされ乗せられてしまうのだ。

今もそうで、まずは、奈緒子に「奈緒子、いろいろ苦労もかけたけど、ようやく楽させてやれるかもしれないぞ」愛想よくそう言い、ねぎらうように肩を叩くと、揚がった天ぷらを見て、「おっ、いいねえ、今夜食べたいと思ってたんだよ。二人して仲良く揚げてくれて、ありがとね」と房子と彩の間にすんなり入り込み、両方にこれまた愛想良く礼を言う。

「おかえりなさいませ。宗佑ぼっちゃんの好物のレンコンと茄子もありますよ」

「さすが房子さん、ちゃんと覚えていてくれるなんて。恩に着ます」

「何をそんな、大げさな」

「いや、ほんと。房子さんの手料理がオレ一番好きなんだよな。なんか愛情を感じるっていうか」

「ほんとお口がお上手で」

おべんちゃらだとわかってはいるが、房子も気を良くしたようだ。

と、今度は、彩に、

「お、彩ちゃんもやってるね。板についてきたねえ、そのさい箸を持つ姿も。都会的な女性だからこそ、余計にそのギャップに魅かれるよ、男は」

「またあ、宗佑さんたら」

「翔太も惚れるんじゃないか」と小声でリップサービスすることも忘れない。

この彩、翔太のことが好きなのだ。

だが、翔太はその気がないようで、片思い真っ最中である。

そして、台所を通って、居間へと入ると、まだ足をくずさず正座したままの翔太を見て、

「どうしたどうした？　旅館で何があったかは知らないが、ここは母屋。うちに帰って来たらくつろぐに限るよ。オレを見てみろ。どんだけ、奈緒子や母さんに迷惑をかけても、こうして胡坐《あぐら》かいて座るんだから。どっこいしょ」

辰夫が呆れた顔をした。

「こいつが、気楽に座ってるのや。気をつかわんでええ」

その言葉でようやく翔太も足をくずして、小さく息を吐き、顔を上げた。

宗佑はかぐらやで生まれ育った長男である。もしかして、旅館や家の中で何かあったと見てとって、気を回したのかと思わせるが、そうではない。

――何も考えず生きている極楽とんぼだ。

だが、そのノー天気な明るさが、神楽家のムードメーカーともなっている。いつものなごやかな雰囲気になったところで、一同が、ちゃぶ台を囲んだ。

「じゃ、いただくとするか」

辰夫の声で、「いただきます」と手を合わせ、みんなが台所との仕切りの低い箪笥《たんす》の上に置かれているひゃくまんさんを見る。

ひゃくまんさんとは、この地の郷土玩具の加賀八幡《かがはちまん》起き上がりこぼしのお人形の一つで、威厳のある黒ひげを蓄えていながらも、愛らしいそのお顔が、志乃の面影にどことなく似ているのだ。

これが毎日の神楽家の締めくくりである。

四

その翌日のことである。

この季節に毎年訪れる森岡《もりおか》というお客様からの予約が入った。十年ほど前、奈緒子が、かぐらやで仲居として働きだした時、客室担当としてお世話したお客様である。

その時、こちらの申し送りの手違いから、森岡が予約したはずの浅野川の見える部屋が空いていなかった。別のお客様をお通ししてしまっていたのだ。

「二泊するつもりだったのだが、明日帰るよ」

その申し出に、奈緒子は、違う部屋になったことが理由だと思い、「申し訳ありません」と頭を深く下げ、重々にお詫びしたところ、反対に恐縮された。

「違うんだよ。そうではないんだ、ただ……」

顔色を曇らせると、「もう金沢には、来ることはないと思う」寂しそうにそうおっしゃった。

奈緒子は気になり、どういう謂《いわ》れのお客様かを知りたかったが、生憎《あいにく》、志乃が女将会で新潟に行っている時だった。

だが、辰夫がその辺りの事情はよく知っていた。

「確か、三年前に奥様がお亡くなりになったんや。その奥様が、この金沢を流れる浅野川での友禅流しを見るのがお好きでな、それで、毎年、秋のこの季節になると一人、来られるのや。けれど、もしかすると……奥様と一緒にいた時のことを思い出すのが、辛いのかもしれんなあ」

そうと聞いた奈緒子だが、それが本心とは思えなかった。

もうそばにいない奥様を思い出すのは辛いことかもしれない。けれど、思い出を忘れようとする方が、もっと辛くて悲しいことなんじゃないか。

――人はいい思い出があるから生きていける。

その時の奈緒子もそうだった。

借金だけを残し、行方をくらました夫でも、いい思い出があればこそ、もう一度、元気な顔で会いたい。そう思って、宗佑の帰りを待ちながら仲居として働いていたのだ。

——何とかして差し上げたい。

志乃に言わせたら、そこが奈緒子のおせっかいなところなのであるが。

だが、この時は、それが功《こう》を奏《そう》した。

翌日、朝風呂に行った森岡の姿を確かめると、奈緒子は客間の床の間に、秋の紅葉の絵柄の加賀友禅を飾り付けた。風呂から戻って来て、襖を開けたとたん、森岡は驚き、目を見張らせ、

「まるで、浅野川の友禅流しのようだ……」と、言葉を詰まらせた。

「何とか、奥様との思い出をもう一度、思い出していただきたくて」

奈緒子は、友禅の染色をしている知り合いのつてをたどって、以前、浅野川で洗った反物を借りてきたのだ。

「妻と最初に見た、友禅流しの反物とよく似ている……妻が赤い紅葉が川を泳いでいるようだと感動していた……これかもしれない……その時、見たのは……」

涙を浮かべ、そう話してくれたのだ。

その森岡が帰る間際に、女将会から志乃も戻って来た。

玄関前の畳敷きに並び、奈緒子も一緒に見送っていると、森岡が何かふっきれたような顔で言った。

「妻との思い出を辛いから忘れた方がいいなんて、ばかなことを考えていた私に、そこの仲居さんがもう一度、いい思い出を見させてくれた。久しぶりに心が癒された気がするよ」

志乃が微笑《ほほえ》んだ。

「良き思い出は心の宝でございます」

「ああ、その通りだよ、女将」そして、「また来させてもらうよ。その思い出を忘れないようにね」そう言い残し帰って行かれたのだ。

その後ろ姿に辞儀していた時である。奈緒子が、女将という職業に興味が出てきたのは。

奈緒子はそれまで東京の旅行会社に勤めていて、「旅先で、いい思い出をたくさんつくってもらいたい」と、その一心でお客様のお世話をしてきた。そんな奈緒子の思いと、志乃の女将としての志《こころざし》が響き合ったのだ。

言うなれば、奈緒子に、「女将になりたい」そう思わせてくれた最初のお客様が森岡だった。

また、奥様とのことを思い出しに来られたのだろう。だが、予約表を確かめて、あっとなった。

今年は、様子が違いそうだ。

「ようこそおいでくださいました、森岡様」

「女将、一年ぶりだね。また今年も世話になるよ。よろしく頼む」

「はい、もちろんでございます」

そう言い、森岡と並び立っている女性に目を向けた。森岡は六十を過ぎた頃で、その森岡よりは、いくつか年下のようである。森岡がその女性を微笑み見つめると、女性も嬉しそうだが、互いの年を思ってか、黙ったまままさりげなく目を合わせている。自然なその仕草に仲睦まじい様子が見て取れる。

「実はね、再婚したんだよ」

「そうでございましたか」

予約表には、同じ森岡の苗字で女性の名前も載っていたのだ。聞くと、互いの友人の紹介だったらしい。

森岡は横浜で開業医をしていて、その女性は看護師だという。前の奥様は専業主婦で、「仕事と関係ないのが気が休まる」と話されていたが、今は、「これからの人生、仕事でも家庭でも、いつも一緒にいてくれるのが心強いんだよ」そう話された。そして、初めて会った時から、この人となら一緒にやっていけると何となしに思ったと。

早速、二階の客室にご案内する。森岡がいつも泊まる、窓から浅野川が見える部屋である。

奈緒子が、主室へと続く襖を開ける。すでに、窓の障子も開け、浅野川をよく見渡せるようにしておいた。

「ああ、いい景色だ」

窓際に近づくと、森岡が浅野川を見下ろした。

友禅流しは、今では、もうなかなか見かけることもなくなってしまったが、かつては色とりどりの布の帯がこの川をたゆたったという。その一つを森岡は、亡くなった前の奥様と二人で見たのだ。

「女将、思い出の景色だよ」

「はい」

だが、新しい奥様と一緒である。どうお答えしたらいいかと、次の言葉をためらっていると、森岡が思いもかけないことを言った。

「新しい妻にも、この景色を見せたくてね」

そして、「一緒に見よう」と奥様を呼び寄せ、並んで見下ろしだした。

奈緒子が、少し驚いたまま、なおも黙っていると、森岡が語りだした。

「妻も、前のご主人とは死に別れたんだ。でも、楽しい思い出がたくさんあるのだと、つきあっている時に話してくれてね」

「前の主人とのことを話すもんじゃないと言う人もいたんですけど。私は、忘れることができなくて。勇気を出して、そう本心を話したら、この人も自分もそうだって」

奥様も話を繋いで下さった。

「『お互いに、それまでの伴侶との良き思い出を大事にしながら、新たな人生を一緒に歩いていこう』……そうプロポーズしたんだよ」

「そうでございましたか」

もう少しすれば、浅野川に夕日が差す頃合いになる。川面に、その赤が映り、紅葉が流れるような色合いになりそうだ。森岡の亡き奥様が大好きだった浅野川の友禅流し。

次は、新しい奥様の亡くなったご主人が好きだった山登りを二人でするのだと楽し気に話してくれた。

きっと、このお二人は、これまでの良き思い出を大切にしながら、前を見て、新しい人生を仲良く手を携えながら、歩んでいかれるのだろう。

これからの良き思い出を作るために。

幸せそうに、二人並んで見下ろしている森岡ご夫妻の背中に、奈緒子は、心から祝福するような笑顔を向けた。

その夜、母屋の二階の部屋で並べた布団に宗佑と二人して、いつもと同じ手際でシーツを掛けていると、

「何か、ますますヤル気が出てきたようだな」と奈緒子の顔付きを見て、宗佑がニヤニヤしている。

「ええ、もちろんよ。お客様に背中を押してもらえたんだから」

森岡ご夫妻は、新たな人生に向けて歩きだした。

――それは人生のイノベーションだ。

まさに奈緒子が今、やろうとしている老舗の変革と同じである。

守るべきものは大切に守り、変えていくべきところは新たに変えていく。奈緒子が目指す、かぐらやのイノベーションである。

「それに」と続けた。

「お義母さんも手紙にそう書き残してくれてたしね」

志乃は亡くなる数日前にフランスでくらしている従妹《いとこ》に手紙を出していた。そこには、「老舗に必要なのは、イノベーション」と書かれていたのだ。志乃もまた、空の彼方から奈

緒子の背を押してくれている。

「どんどん前へ進まなきゃ。新たなかぐらやに向けて」

やることは、まだまだある。

かぐらやは古い建物だ。昔の作りのままでは、階段一つ不便なことも多く、いきなりは無理だが、趣を残しながら、少しずつ、快適に作り替えていかなければならないと思っている。

その手始めが、新たな食事部屋だ。今までのように客室にお食事を運ぶのではなく、お客様に食事部屋まで来ていただき、召し上がっていただく。その方が温かいお料理をお出しできるし、何か用があった時も、すぐに誰かに声がかけられる。

それに食事のお世話をする仲居たちが、階段を上り下りする労力も少なく済む。そんなことでと思われるかもしれないが、こういうことが若い人たちが仲居として、いついてくれない理由ともなっている。幸い、かぐらやは彩が入ってくれたから良かったが、それでも万年人手不足なのだ。

工事の方は、営業しながらなので、お客様が帰られ、その日のお客様がお着きになる間の時間しか作業は進められないが、来年の春には完成する予定だ。その準備でも忙しい。

と、宗佑がシーツの隅を、布団の角に入れ込みながら、

「張り切るのはいいけど、気をつけないとな。こんな時に何かが起こるのが、かぐらやだ」

そう言うと、「はい、出来た」と最後の隅に几帳面にシーツを折り込んだ。宗佑は、一見大ざっぱなように見えて、こういう細かなところが気になる質《たち》である。

奈緒子の方は、グイと適当にシーツを押し込む。

「それは、そうだけど……」

その通りで、いつも調子よく物事が動きだすと、何か決まって問題が起こる。けれど、今回は、その気配は何もない。

「大丈夫よ。心配ないって」

「けど、オレは何か、よくない予感が……」

首を傾《かし》げる宗佑の隣で「さ、明日も早いんだから」と、厚手の掛け布団を取り出し広げると、電気を消し、サッサと布団に潜り込んだ。

今年も、雪が降り積もった卯辰山や、その右手に見える白山連峰《はくさんれんぽう》など雄大な雪景色の山々を見にお客様が訪れるはずだ。

新たな変革も必要だが、大事なのは、昔と変わらぬ、お客様をもてなす、おもてなしの心。

――そろそろ火鉢のご用意をしないと。

訪れたお客様には、まずは玄関脇の談話室に置いた火鉢の炭の温もりで、じんわりと暖を取っていただく。それは代々続いているかぐらやの冬のおもてなしの一つ……。

そんなことを考えながら、すぐに寝入ってしまった。

だが、宗佑の勘は当たっていた。この時すでにかぐらやの存続を揺るがすほどの大問題が起ころうとしていたのだ。

そして、やっかいなことも。

やって来たのだ。もう一人の姑が。

フランスから、しかも、チェンバロと一緒に。

第二章　フランス帰りの姑

一

「そろそろ鰤起《ぶりお》こしが始まりそうですなあ」

雨傘を手にそう言うのは、この金沢で、かぐらやと並ぶ老舗旅館、菊亭《きくてい》の大女将、菊《きく》である。少し小太りの菊は、渋い薄鼠《うすねずみ》の友禅の着物の帯が少し窮屈そうだ。

金沢の町には、かぐらやのそばを流れている女川と言われている浅野川と男川《おとこがわ》と呼ばれている犀川《さいがわ》があり、菊亭はこの犀川の川沿いにある。

「今年も、もうそんな季節になってきましたね」

奈緒子は玄関前の畳敷きで、愛想よく笑顔で出迎えた。

菊の背中越しの空に目をやると、今日は、どんよりとした空模様ではあるが、日はまだ差している。

けれど、油断は出来ない。

金沢の天気は、クルクル変わる。

「弁当忘れても、傘忘れるな」という言葉があるくらいで、朝、晴れていたと思ったら、夕方、急に雨が降りだす。

それが秋の終わりから、冬の始まりにかけては、猛烈な風が吹き荒れ、雷が激しく鳴り響く。このような天候のことを、この地では「鰤起こし」と呼ぶ。

ちょうど、日本海で寒鰤《かんぶり》が捕れだすことから、寝ている鰤を起こす、という意味をかけているらしい。

東京から来た奈緒子は、最初、雷が鳴る度に驚き、外出していた時などは、耳を塞いで、近くの軒先に飛び込んだものだ。

「いつ、雷が鳴りだすか、わかりませんものねえ」

奈緒子がそう続けると、

「そうですなあ。こんな金沢のお空は、まだまだ、えんじょもんの奈緒子さんには慣れんことの一つですわなあ」といつもの物腰の柔らかな、まったりとした口ぶりで返した。

だが、何の気なしに言っているフウをよそおっているが、実はそうではない。

「あ、つい……」と、とりあえずは申し訳なさそうな笑みを浮かべ、「またえんじょもんやなんて。もう十年以上もこちらでくらしておいでですのに、すんませんなあ」

これが、いつもの菊の嫌味である。

えんじょもんと言われることには慣れてはいるが、菊の言う通り十年以上この地でくらしていても、まだ余所者扱いをされているのかと、内心、溜息である。

この菊は、志乃と年齢も近く、旧知の仲ではあったが、同じ金沢の老舗旅館の女将ということもあり、互いにどこか張り合うようなところもあった。

いつも先に仕掛けてくるのは、菊の方である。今のように、やんわりとした嫌味で始まる。最初は、相手にしない志乃も、そのうち、「そっちがそのおつもりなら、受けて立とうやないか」とヤル気になってしまい、狐と狸の化かし合いが始まる。

その結果、大抵は志乃に軍配が上がって終わるのだが、それが面白くなく、菊が次の機会を狙うことになる。

奈緒子が、かぐらやに半分押しかけるようにして、仲居として働きだした当初も、そのようなことがあった。

金沢では、観光協会主催のお茶会が行われようとしていた時で、そのお茶を点《た》てるのは、かぐらやの志乃か菊亭の菊か、どちらになるのかという時でもあり、志乃が息子の行方を密かに捜していると聞きつけた菊が、ここぞとばかりに仕掛けてきたのだ。

「なんで、奈緒子さんがお一人でかぐらやさんに？　ご長男でご主人の宗佑さんは？」

菊が集まった一同の前で聞いてきた。

「その……息子は仕事で海外に行っておりまして……」

さすがに借金をこしらえて、そのまま失踪したとは言えず、志乃がとっさに嘘をついてしまった。

だが、「ほんまは、行方知れずになったんやおまへんか？　借金を妻の奈緒子さんに押し付けて」と、まさに志乃が一番隠しておきたいことを口にしたのだ。

さすがの志乃も、返す言葉が見つからず、窮してしまった。

「老舗旅館の息子さんともあろうお人が、その看板に泥を塗るような真似をしはるとは……老舗の看板も泣きますわなあ」

さも同情しているかのように菊が言い立てた。

その場には、金沢の名士や観光協会の面々もいて、一同、困った顔をして、「まあ、そのような事情があるなら、今回は菊さんにお茶会はお任せした方が……」と担当の主催者が言いかけた、その時である。

「はい、その通りです」

志乃について来て、一緒にその場にいた奈緒子が声を上げた。志乃がギョッとしたように奈緒子を見、奈緒子もしまった、となった。

志乃のこの場を救うため、何とかしようと奈緒子のとっさに出た言葉である。だが、菊を始め、一同が驚いたように奈緒子を見ている。こうなった以上、もう正直に話すしかない。

奈緒子は、潔く腹を括《くく》った。

「夫の宗佑は、今、どこにいるかわかりません。私は、その夫の借金を返すために、かぐらやで仲居として働きだしたんです」

「へえ？　ほんまですか？」

さも驚いたというように菊が目をむく。

志乃は、もうおしまいやとばかりに、ガクリと肩を落とした。

奈緒子と宗佑は、大学時代の同級生で、離れては縒《よ》りを戻すを繰り返すようなつきあいを続けていたが、四十を過ぎて、お互いにこの人しかいないと思い、ちゃんと夫婦としてやっていこうとなり、籍を入れた。年も年なので、披露宴は挙げず、ウエディング姿の奈緒子と二人で、写真を撮っただけのものだった。

だが、やはり嬉しかった。奈緒子にとっては、初めて真剣につきあった相手でもあり、最初の恋がようやく実ったことにもなる。なのに、突然、「すまない」と置き手紙を残していなくなったのだ。

「わかり合えていたと思っていたのに、何も言わずにいなくなったんです。最初は、自分勝手な夫に腹を立てていました。でも、ある時、気がついたんです。夫が、そんな大変な目にあっていたというのに、妻の私は何もわかっていなかったんだって……。もし、わかっていたら、そばで支えることが出来たかもしれないのにって……」

——ほんとにそうだ。妻失格だ。

奈緒子はそのことを何度も自分の心の内で後悔し続けた。

「ですから、今回のことは、私の責任でもあるんです。それに、もしも……もう二度と会えなくなったらどうしよう……そう思ったとたん、いてもたってもいられなくなって、追い返されるのを覚悟で、宗佑さんの実家であるかぐらやにやって来たんです」

奈緒子の嘘偽りない思いである。

そもそも志乃が認めた結婚ではなかった。反対を押し切っての結婚で、そのため奈緒子は招かれざる嫁で、いい顔で迎え入れられないことはよくわかっていた。

そこまで言うと、今一度背筋を伸ばした。

「そして、決めたんです。妻として、夫が必ず帰って来ると信じて、ここで待つと。夫の借金も妻の私が必ず返すつもりです」

そう啖呵《たんか》を切ったのだ。

その場は、シーンと静まり返った。えんじょもんの嫁が何を言うのだと呆れているのかもしれない。

また余計なことをしてと、後で志乃から大目玉を食らうことになるかも……。

ああ〜、とんだ大失敗をしでかしたかも……。そんな不安がよぎった時、「エラい！」と大きな声が部屋中に響いた。

その声の主は、華道家元の村田《むらた》である。この村田は、金沢の名士の中でも、伝統と格式を何よりも重んじる重鎮で、老舗旅館であるかぐらやの嫁として、えんじょもんの奈緒子のことを良くは思っていなかった。だが、その奈緒子の啖呵にいたく感動したのだ。

「それでこそ、妻の鑑《かがみ》だよ。私は、反省している。そのように夫を思う心を持った奈緒子くんを、東京から来たということだけで、かぐらやの嫁にふさわしくないと思っていたなんて。ほんとすまなかったね」

本心からそう詫びてくれたのだ。その村田の言葉で、一同も「おお」と感嘆の声を上げ、掌《てのひら》を返したように、「まさに、妻の鑑！」と盛り上がった。

菊もこれでは仕方ない。

「ほんまにそうですわなあ、ええお嫁さんに来てもろおて、かぐらやさんもよかったですなあ」と愛想よく頷く。

志乃も、「そこまで言っていただいて、ありがとうございます」と微笑んで、丁寧に辞儀し、その場は収まった。お茶会も、その流れで志乃に軍配が上がり、その年は、かぐらやで執り行われることとなり、志乃が茶を点てることとなった。面目を失わずにすんだのだ。

その後、奈緒子はやはり、志乃には叱られたが、あとで辰夫がこっそりと教えてくれた。

「最後まで、体裁を繕《つくろ》うため、嘘をつき通そうとしていたそうや。志乃なら、それも出来たかもしれん。けど、やはり本音に勝るものはなし。奈緒子さんに教えられたとな」

――お義母さんがそんなことを……？

それを聞き奈緒子の顔も思わずほころんだ。これが、志乃が初めて、えんじょもんの嫁の奈緒子を見直す切っかけともなったのだ。

そして、もう一つ、余計な切っかけも作ってしまった。

この時からである。菊が事あるごとに、奈緒子に対してもチクリチクリとやるようになったのは。

今も、隙あらばとうかがっているに違いない。

だが、奈緒子もわかっている。狐と狸の化かし合い。志乃亡き後は、その相手は奈緒子の務めである。

「さあ、どうぞ、中へ。皆さん、もうお揃いです」

満面に愛想のいい笑みを浮かべ、奈緒子が声をかける。

「それでは、お邪魔させていただきます」

菊も、これでもかというくらいに愛想よく奈緒子に微笑みながら、「じゃ、この傘、よろしうに」と、鰤起こしの支度のため、雨具の準備を整え下足室から出て来た増岡に声をかけた。

増岡も、食えないお人と承知している。

「大切に預からせていただきます」と恭《うやうや》しく腰を直角に屈め、両手で受け取った。

その日は、観光組合の職員の方たちが、かぐらやに見学に来ていて、菊も女将会代表ということでの参加である。

最近、かぐらやの集客率が、特に平日、上がってきており、お客様の年齢層も若返っていることから、新たなかぐらやの取り組みを聞きたいとの申し出を受けたのだ。

これも、翔太のアンヘレスを使った洋食の朝食メニューを取り入れたこと、そして、彩の考えた老舗旅館かぐらやの「和のマナーコース入門」という企画のお陰である。

「和のマナーコース入門」は、若い女性を対象に、着物の着付けから、その行儀作法、和食の食べ方などを体験してもらうというものだ。

講師は房子である。

彩と房子、この二人、母屋では、何やかやとありながらも、旅館ではいいコンビだ。房子が、着物の着付けなどを、若い女のコたちに、実際に手際よく教える傍《かたわ》らで、彩がわかりやすく説明する。

「着物の着付けで大事なのは、まずは長襦袢《ながじゅばん》の着方です」

「はい、こちらです」

まずは見本として、房子が自分の着付けを見せていく。

「特に大事なのは、襟元の合わせ方」

「はい。右前ですよ、お若い方は、九十度くらい開けてしっかり締めるときれいに見えます」

「そして、裾合わせ、帯の結び方です」

「裾はクイクイと、帯はギュウギュウと」

奈緒子も時々覗いたりするのだが、なかなか、息が合っている。

だが、やはり、この二人、天敵のような関係は続いている。先日もまた一悶着《ひともんちゃく》あった。

彩だが、房子のように、いかにも着物の着方を知っているように話すが、実は、いまだに着付けがうまくいかず、帯が上手に結べないでいる。

何をさせても飲み込みが早く、器用なのに、どうも後ろ手に結ぶのが苦手なのだ。

「人には、向き不向きがあるからな。彩ちゃんは、帯がその不向きなんだろうな」と、宗佑がさも知った顔で言っていたが、まさにそのようだ。

奈緒子も毎朝、この帯の結びには苦労しているので、人のことは言えないが、それにしても、そこだけ不器用なのである。

今は切り帯と言って、帯を切り離し、腰に巻き付けた方の帯に、すでに結んで形にした帯を取り付けるというものもある。それで、そちらにすればいいのではと、提案したのだが、

「いえ、私はちゃんと結べるようにします！」

この世に、自分に出来ないことがあるのが許せないのだろう。

それで房子から、休憩の合間に仲居たちの控室で特訓を受けだしたのだが、なかなかうまく結べない彩に、「こんなどんくさいだなんて。こんなことじゃ、女将修業が終わるのは、一体いつになることやら。先が思いやられる」と房子がぼやいたようだ。

「どんくさいだなんて言われたんですよ？　この私が！　これは一種のハラスメントじゃないですか？　奈緒子さん！」

わざわざ母屋にいた奈緒子にそのことを告げに彩がやって来た。彩は、旅館にいる時以外は、奈緒子のことを名前で呼ぶ。奈緒子がそうしてくれていいと言ったのだ。

「そんな、ハラスメントだなんて……」

「いいえ、権力をかさに着た上司と同じです!」

「まあまあ」と、奈緒子がなだめていると、そこへ渡り廊下を渡り、房子もやって来た。

「さてと、今夜の夕食の下ごしらえをと」と、これみよがしに機嫌よく台所に立つ。

そして鼻歌までも歌いだし、居間にいる彩を振り返ると、その眼鏡の奥の目の端を下げて、ニッと笑った。彩がムッとし台所に背を向ける。

「ボブ」と「おかっぱ」の決着はついていないが、こちらの勝負は房子の勝ちとなった。


皆さんにアンヘレスを食べていただく。

「かぐらやでスペイン料理を食べるとは」

その意外さに驚き、そして口に運ぶと、その美味しさにも満足して下さった。

「これを朝食にねえ……まあ、お味は珍しいて、ええとは思いますけど」

菊も、気に入ったようだ。

だが、「こういうお料理は、何も老舗旅館で食べんでもええとは思いますけどなあ。老舗の料理は何と言っても、日本料理でっさかい」とここでもやんわりとチクリと言う。

和のレッスンの方も、彩が用意した資料をお渡しし、説明する。職員の方たちは、興味を示してくれて、今度出す観光協会のパンフレットに、かぐらやの新たなおもてなしとして取り上げたい、と言ってくれた。

だが、菊は、「ええアイデアやとは思いますけど、何も老舗旅館で教えることはないんと違いますか？　旅館は、お教室やのうて、お泊りに来られるところでっさかい」とまたチクリ。

「はい、そこはわかっています」

奈緒子も頷く。

「けれど、従来のそんな老舗のイメージを少しでも変えていきたいんです。敷居が高いと思われている若いお客様にも、洋食のお料理を楽しめ、和のマナーを身につけられると気軽にお越しいただきたいんです」

新たなかぐらやを作り上げたい。

それをやるには、今しかない。この機を逃したら、かぐらやは、おもてなしを売りにした古いだけの旅館になってしまうのではないかとの奈緒子の熱のこもった話に、職員の方たちも真剣に耳を傾けて下さった。

菊も、神妙な顔で頷く。同じ老舗旅館である。どこもが乗り越えなければならない問題なのだ。

だが、帰りがけである。

「今日は、奈緒子さんにいろいろ教えていただき、勉強になりましたわ。菊亭にとっても、他人事《ひとごと》ではありませんよって」

まずは礼を言った。

そして、その後、気になることを口にしたのだ。

「けれど、かぐらやの御本家の柿沼《かきぬま》さんは、このこと、ご存じなんでっしゃろな」

「それは……」

奈緒子も言葉に詰まる。

柿沼は、石川県の能登半島の東の付け根、和倉温泉にある。

この能登の柿沼を本家として、金沢や加賀温泉郷の山代温泉、山中温泉などに、その分家があり、かぐらやも、その分家の一つなのだ。つまりは、本家柿沼から、暖簾《のれん》分けをしてもらい、老舗旅館の看板を張れている。

事の初めの筋を何よりも大事にするのが本家である。

そこは奈緒子もわかっているので、朝食に洋食の料理を出すことを決めた時も、柿沼にはちゃんと連絡を入れてある。

電話口に出た柿沼の女将である道代《みちよ》は、「わかりました」と言ってくれた。和のレッスンをすることも、その時伝えてある。それも「わかりました」と。そして、「このことは、大女将にも伝えておきますので、またご連絡します」そう言って電話を切ったのだ。

柿沼の大女将はヨネといい、もうそろそろ卒寿《そつじゅ》を迎えようとしているが、いまだに健在で、客室の挨拶回りも欠かさないと聞いている。

奈緒子も志乃に連れられて、何度か柿沼には行ったことがあり、その度にヨネには会っている。

「粗相《そそう》のないように。ええですね」

志乃は、会う前に何度も奈緒子にそう念を押した。

「柿沼本家の大女将ヨネ様におかれましては、ご健勝であらせられ、誠にお喜び申し上げます」

志乃が深く辞儀し、毎回、改まった口上のように述べると、「そんな堅苦しい挨拶は、ええのや。さっ、もっと近う」と、ヨネはニコニコして皺《しわ》の寄った小さな手で手招きする。

上座のふんわりした座布団の上に座っていると、手と同じで体が小さいこともあり、まさに加賀八幡起き上がりこぼしのお人形のようであった。

同じ起き上がりこぼしでも志乃に似たひゃくまんさんとは違い、みやげもの屋の店先に飾られているふくふくとした白いほっぺに笑みをうかべたお人形である。

大女将と言われながらも、ああいうふうに愛らしく年をとりたいものだと奈緒子はその時思ったのだ。

　奈緒子が電話でしゃべった道代は、そのヨネの長男である健吾《けんご》の妻である。だが、大女将に伝えると言った後、何も返してこないことが奈緒子も気にはなっていたので、もう一度こちらから、連絡しようとしていたところだった。

　その日の夕方、久しぶりの虹が浅野川に架かった。

「さっきまでの嵐が嘘のようですね」

　玄関前に吹き込んだ雨の雫《しずく》を箒《ほうき》で払いのけながら、彩が、空を見上げている。

　菊たちが来た日は、無事に済んだのだが、それから数日後の今日の昼下がり、とうとう「鰤起こし」が始まった。真っ暗になったかと思うと、いきなりバリバリという轟音《ごうおん》と共に閃光が走り、雷が轟《とどろ》いたのだ。

　ちょうど、最後のお客様が、金沢の駅に着かれた頃合いだったので、そのことにはホッとしたが、奈緒子は母屋に逃げ帰った。

　そこへ彩も逃げ込んで来た。強気で何があっても動じない彩だが、どうもゴキブリとこの鰤起こしは例外らしい。

「奈緒子さん、こんなの聞いてません！」

　耳にはしていたはずだが、こんなに恐ろしいとは、思ってもみなかったのだろう。

初めての経験にうろたえ、奈緒子にしがみついてきた。奈緒子とて何度経験しても慣れるものではない。二人して座布団を頭にのせ、通り過ぎるのを待つ。

その後嵐が去ると、嘘のように空が明るくなり、七色の半円が空に浮かんだ。

美しい虹の色彩である。

雨の降る町には虹がよく似合うと言われているが、これも金沢ならではの風情《ふぜい》である。

この虹は、彼方《かなた》と此方《こなた》を繋ぐ橋だとも言われている。人と人を出会わせる七色の橋渡しである。

奈緒子も玄関前の畳敷きから、顔を覗かせ見上げた。

すると、そこへ、つばの広い白い帽子を深くかぶり、品のいい薄いピンクの色合いのツーピースを着た、貴婦人のような女性がやって来たのだ。

顔は見えなかった。

「あの、お泊りのお客様で？」

彩が箒の手を止め、尋ねた。

だが、今日は、女性お一人様でのご予約はなかったはずだが。

そう思いながら、奈緒子が草履を履いて戸口まで迎えに出た時である。

「ボンジュール」と心地よく通る声がして、その女性客が帽子の端を上げ、顔を覗かせた。

その顔を見て、奈緒子は思わず息を飲んだ。

ほんとよく似ている。

志乃そっくりだ。

奈緒子は無作法だと知りながらも、母屋の奥の座敷で、志乃が崇拝していたおまつ様の掛け軸に、手を合わせているその横顔を何度も見ずにはいられなかった。おまつ様とは、加賀百万石の礎《いしずえ》を夫の前田利家公と共に築いた賢妻であり、志乃は事あるごとにこのおまつ様と向き合い、女将としての志、ゆるぎない心を語り合っていた。

鼻筋が美しく通っていて、少し切れ長の目に小さな口元が引き締まり、凛《りん》とした印象を与える。結い上げるようにシニョンにした髪型の下の首筋から肩の辺りの華奢《きゃしゃ》な感じも志乃と重なり合う。

先ほど、初めてその顔を帽子の奥に覗いた時、志乃が彼方から虹を渡って、此方に戻ってきたのかと思ったくらいであった。

女性の名は、佳乃《よしの》といい、年は、志乃より二十ほど下の志乃の従妹だ。

二十歳の時に、フランスに渡航し、そのままその地でフランスの男性と結婚した。その男性は、スペインとの国境に近いシュッドウエストにあるミシュランの星も取っている名門オーベルジュの館の主であったらしい。そこで、四十年近くらしていたのだが、その館の主である夫が、三年ほど前に亡くなり、今回、日本へ里帰りをしてきたようだ。

奈緒子は佳乃のことは知らなかったが、たまに志乃とは手紙のやりとりをしていたようだと、後で辰夫から聞かされた。

「老舗に必要なのは、イノベーション」という志乃の手紙を受け取ったのも、この佳乃である。それで、志乃が亡くなったことを知ると、その遺言めいた手紙を神楽家に送り返してくれたのだ。

奈緒子も、その後、お礼の手紙を書き送ってはいたが、まさか、何の前触れもなく、帰国し、その足で、かぐらやにやって来るとは思ってもいなかった。

そして、この佳乃、能登の本家柿沼のヨネの娘でもある。

「ほんとに、志乃姉さまがお亡くなりになるなんて。何が起こるか、わかったもんじゃありませんわねえ。私、お姉さまには、妹のように可愛がっていただいたんですのよ」

おまつ様に一礼すると、佳乃は、奈緒子の方に体を向けた。

「はい。急なことでした……葬儀には、本家柿沼の皆様にも来ていただいたのですが、佳乃様には、ご連絡も出来ず、本当に申し訳ありませんでした」

「いいのよ。私の存在は消されていますから」

「はい？」

「いえ、こちらのこと。でも、志乃姉さまはさぞ、ご無念だったことと。私に宛てた最後の手紙には、これからやることがあると書かれていましたのに。イノベーションですわね、志乃姉さまらしいと思いました」

奈緒子にとっては、志乃がイノベーションという言葉を使ったこと自体が、志乃のイメージと違ったのだが、佳乃にとっては、そうではなかったらしい。

「はい……その大女将のご遺思に報いるためにも、ますますかぐらやを、何とかしないといけないと」

「あなたが、女将ですものねえ。奈緒子さんと言ったかしら？」

「はい」

「じゃ、奈緒子さん、しっかりね。志乃姉さまの後を引き継ぐ女将として、このかぐらやのこれからをお願いしますね」

「はい、佳乃様」

「さまは結構。マダム佳乃と呼んでもらいたいけれど、まあ、佳乃さんでいいわ」

それでよしとしましょうと言うように、顎《あご》を斜めに傾けた。こういう仕草も志乃とよく似ている。志乃も何か物事を決めた時は、顎をよく傾けたのだ。

そこへ、房子がお茶を持って入って来た。丁寧に辞儀して、佳乃の前に置く。

「メルシー」

「は？」

「ありがとう。それくらいの単語はフランス語といえど、覚えていて頂戴。常識ですことよ」

「はい……すみません」

そう言い房子は頭を下げ、部屋を退出したが、初対面でのこの指摘はよくない。眼鏡の奥から、いつものあの目でチラッと見ていた。が、佳乃は何も気づいていないように知らん顔して茶を飲み、息をつく。

「ああ、ホッとするわ。久しぶりよ。四十年ぶりかしらねえ」

「四十年？」

思わず聞き返した。

「ええ。日本へは、東京や京都などには、夫と仕事や遊びで来てはいたけれど、こちらに来るのは、それくらいぶりになるかしら。けれど、パリと日本。長時間の飛行機で少し疲れたわ」

「あ、では、ご休憩のお部屋のご用意をいたしましょうか？」

「休憩？」

「少しゆっくりされて、それから能登のご実家に戻られても」

志乃に手を合わせに立ち寄っただけだと思っていたので、そう言ったのだ。

だが、佳乃は「あんなところ、二度と帰るものですか」と、今度は顎を反対に上げ、そっぽを向いた。

先ほどから少しおかしい。実家の話になるとトゲがあるようだ。

そして、「わたくし、しばらく、このかぐらやに、ごやっかいになるつもりなの」と言ったのだ。

「え？」

「よろしくね、奈緒子さん」

貴婦人のような笑みを浮かべているが、その口ぶりは有無を言わさず、奈緒子に物申す時の志乃そっくりであった。

「ごやっかいか。ほんとに、そのやっかいなことになったな」

厨房に立ち、小籠包を忙し気にお弁当に詰めながら、宗佑がカウンターに座っている奈緒子の話をフンフンと聞いている。

ここは、ひがし茶屋街の「かぐらや弁当のお店」という名前の宗佑の店である。

ひがし茶屋街は、江戸時代の城下町だった頃の風情をいまだに残している金沢の観光名所の一つで、石畳の通りの両側に、その昔お茶屋さんだった家屋が立ち並び、その格子の向こうからは、時おり、芸妓さんのつま弾く三味線や琴の音が聞こえてくる。今は、その趣を残しつつ、新しい若者向けのカフェやショップも出来ていて、女性客に人気だ。

その大通りを一本入ったところにこの「かぐらや弁当のお店」はある。店内は、カウンターの他にテーブル席が二つと、そんなに広くはないが、お弁当が主な店なので、これで十分やっていける。

その弁当は、今日も売れているらしくお昼の分はすでに売り切れ、今仕込んでいるのは夕方からの分である。

奈緒子は、大きな溜息をつくと、その小籠包を箸でつまみ上げた。

「ほんとに、どうしてこう次から次に……」

「だから、オレの言った通りだったろ？　何かよからぬ予感がしたんだよ」

確かに宗佑はそう言っていた。

――でも、まさかこんなことになるとは……。

大きく口を開け、小籠包を放り込む。

今日の奈緒子のいで立ちは、着物ではない。薄い水色のタートルと茶色のサロペット。その上に、ふわりとした茶系オレンジ色の丈長のカーディガンを羽織っている。

まるで、観光に訪れた旅行者であるが、これでいい。女将に見えないようにわざとそうしているのだから。でないと、「かぐらやの女将が溜息ついて、大口開けて小籠包を食っていた」そんな噂が、金沢中を飛び交うことになるのは目に見えている。

これもかぐらやが、この地で由緒ある老舗の看板をしょっているからこそだが。

「で、どうすんだ？」

こちらは、藍染めで作った仕事着であるチャイナ服を着た宗佑が、手を休めずに聞いてきた。鼻筋が通りキリッとした顎の線からしても、男前の顔立ちなのだが、奈緒子に極楽とんぼと言われているように、いい加減な生き方がどこかに表れているからか、そうは見えない。けれど、そんな宗佑もこの小籠包を作っている時だけは、キリキリとしたいい顔になる。

だが、今はそんなことはどうでもいい。問題なのは……。

「しかたないでしょ？　どうするもこうするも、もう来ちゃってるんだし、大女将の従妹だし、本家の娘さんだし……出て行って欲しいなんて言えるわけないじゃない？」

あの後、その日の客室は何室か空いていたので、すぐに佳乃の宿泊する部屋の手配をし、取りあえずはお通しした。だが、しばらくがいつまでになるかわからない。平日はいいが、週末の土日は、すでに満室である。

「あの、佳乃さん、週末がすでにご予約のお客様で一杯で……」

部屋に案内した後、奈緒子はそれとなく言ってみたのだが、

「あら、そうなの？」そう言ったきりで、お出しした季節の上生菓子を黒文字を使って丁寧に切り分けながら口に運び、「これは、東山のひがし茶屋街にある和菓子ね、懐かしいわ」と美味しそうに食べだした。

そこでもう一度、「あの、すでに予約をお受けしたお客様にその予約をお断りなど出来るはずもないので……」

重ねて遠回しに言ったのだが、「うちのオーベルジュでも、時々あったわ。予約を担当していた女のコがのんびりしていて。ダブルブッキングは、よくあることよ」

「あの、それとこれとは……」

そのダブルブッキングと、今起こっていることとは、ちょっと違う気がするのだが。

奈緒子が、次の言葉をためらっていると、

「でもね、それをうまく収めるのが、女将であるあなたの務め。そうでしょう？」さも当然だと言うと、「この地に慣れるまで、ここにゆっくり滞在するつもりよ」と重ねて言っての

けた。

聞く耳持たずとはこのことである。

奈緒子も部屋さえ空いていればいいのだが、そうではないから困っている。

房子なども、佳乃の第一印象が良くないこともあり、「大女将の従妹だか何だか知りませんが、いきなり訪ねて来て、居座るなんて。能登の本家の御実家に戻っていただいて下さい」と憤慨している。

「奈緒子さんが言うほど、志乃に似ているというわけやないとワシは思うたが……」

辰夫も志乃の従妹だということで、佳乃の部屋に挨拶に行ったのだが、辰夫にとっては、あまり志乃の面影は感じられなかったようだ。

だが、会って言葉を交わしたことで、辰夫も佳乃のことはやっと思い出した。

「そう言えば、あの頃は時々、うちの母屋に遊びに来てたな」

佳乃は高校が金沢で、能登からは通えず、神楽家とは別の金沢の親戚の家に下宿していたらしい。志乃と辰夫には、亡くなってしまった長女がいたが、佳乃と年も近いことから、仲良くしていたという。

「それで、柿沼の方には連絡したんか？」

「それが、わざわざするなと、言われたもので」

「何や、事情でも、あるんやろな。普通なら、実家に戻るやろ。それを、遠縁のかぐらやに来るやなんて」

　辰夫もそうは言ったがその事情は知らなかった。

　それで、奈緒子は今日、村田のもとへ行き、その辺りのことを聞いてきたのだ。

　村田の家は、かぐらやから浅野川に架かる梅の橋を渡り、しばらく行ったところにある広い敷地に建つ大きな屋敷である。厳《いか》めしい木造りの門に「華道家元」の看板が重々しく掲げられている。その帰りに、宗佑の店に立ち寄っているのだ。

「で、何だって？」

「複雑みたいなのよねえ」

　さすが、この地の重鎮、村田である。当時のことを覚えていた。

　村田は、「妻の鑑《かがみ》」と奈緒子を認めた時から、陰に日向に、奈緒子の力になってくれている。

　志乃が亡くなった時も、えんじょもんの奈緒子がかぐらやの女将として、これから一人やっていくことに、周りから心配の声が上がったが、

「奈緒子くんなら、大丈夫だ。かぐらやの女将として、立派にやっていける。私が保証する」そう一同の前で言ってくれたのだ。

その村田は、この金沢だけでなく、能登にもお花のお弟子さんが大勢いるらしく、いろんな情報が耳に入ってくる。

「先に口止めされたか」

奈緒子から話を聞くと、開口一番、そう言った。

「まあな、フランス行きも大反対されていたからな」

着物の袖に通した腕を組み、当時の出来事を思い出しながら話してくれた。

村田が言うには、佳乃は、金沢の高校を出て、短大を卒業した後、フランスに行きたいと言いだしたそうだ。

能登には、昔から、ワインを作っている農家があったらしく、今は、その流れが「能登ワイン」というブランドとなり、評判にもなってきている。佳乃は、当時のその能登のワインにまずは興味が出て、本場のフランスでのワイン作りを自分の目で見てみたくなったという。

若い娘がフランスに一人で行くなんてと、柿沼は反対したらしいのだが、いくつかのワイナリーを見て回ったら、すぐに戻って来ると約束して、飛び立ったらしい。そこで、スペインとの国境に近いシュッドウエストにあるオーベルジュの館の主と運命的な出会いをし、プロポーズされた。

もちろん、柿沼は大反対である。

老舗旅館、しかも本家の娘が、フランスに嫁ぐだなんて考えられもしなかったに違いない。

佳乃は、そんな一族を説得するため、一度は日本に戻って来たが、やはり許してはもらえず、家出同然に飛び出し勝手に結婚してしまった。

「それからは、ピタリと佳乃さんの噂も聞かなくなってしまって、話題にさえ、のぼらなくなっているようだ」

「そうだったんですね」

だから、奈緒子も佳乃の存在すら、知らなかったのだ。

けれど、この世から消えたわけでもなく、家を出たといっても、フランスでくらしていることはわかっているのに……。柿沼の身内でさえ、その名を口にも出さないとは……。

「一族に大反対されての結婚だ。おいそれと実家には、戻ることはできないんだろう」

村田は腕組みしたまま頷いた。

「それで、能登には帰りづらいようなのよ」

「なるほどね、それはそうだろうなあ」

相槌を打つと、二つ目の小籠包を奈緒子が食べ終わったのを見て、火にかけていた蒸籠《せいろ》の蓋を開けた。

「蒸したてが出来たぞ」

白い湯気がもくもくと立ち上る。

今、奈緒子が食べていたのは、お弁当用の冷めた小籠包で、お店に来ていただくお客様には、こうして目の前で蒸したものをお出ししているのだ。

「こっちも、食べるだろ?」

「もちろん」

火を止め、お皿の上に、その蒸し上がったばかりの小籠包を宗佑が置いた。

箸で底から丁寧につまみ上げる。そうしないと、つるんと滑り落ちてしまいそうなほど半透明で、皮がもちもちすべすべとしているのだ。これも毎日、宗佑が生地からこねて作っているからこそである。

この小籠包に関する限りは、宗佑は手を抜いたことはない。いつも一生懸命である。だから、奈緒子も、できるだけ毎日食べにやって来る。

と、壁の時計に目をやった。

「あ、もうこんな時間?」

そろそろ休憩時間が終わってしまう。まだ、この店に来てからそんなに経っていないのに、村田のところで話し込んでしまったらしい。

早く旅館に戻って、着物に着替えないと。

急ぎ、目の前の出来たてを口に入れようとして、ハッとなり手を止めた。もう何度も、うっかりこの小籠包の肉汁で口の中をやけどし痛い目にあっているのだ。

「お、少しは勉強したな」

宗佑は、ニヤッとすると、「けど、わかるような気がするなあ、佳乃さんのその気持ち」と、さも同じ境遇だというように、「オレも、なかなか帰りづらかったからな。神楽家の敷居なんか、こ〜んなに高くてさ」おおげさに片手を背伸びしてまで上げている。

全然同じではない。

宗佑の場合は、借金をこしらえて、失踪したのだ。

二

それから二日後のことだ。

その日は、朝から、灰色のどんよりした空模様で、いよいよ季節が冬に向かおうとしていた矢先であった。

「奈緒子くん、一体どうなっているんだね？」

村田が息せき切って駆け込んで来た。

よほど慌てて来たのだろう。少し寒さが感じられるこの季節の変わり目になると、村田は着物の小物の一つとして、扇子を帽子に替える。山吹色《やまぶきいろ》の厚手のフェルト帽を頭にかぶるのが、常となる。

だが、その帽子を頭にかぶることも忘れ、片手で握り締めている。

それほど、急いで来たのだ。

思い当たることが一つあることはある。

玄関脇の談話室に通され、ソファに座るなり、村田は口を開いた。

「大きいとは聞いていたが、あんな大きいとは聞いてない！」

「あの荷物のことですか？」

フランスから届くことになっていた佳乃の荷物である。

「まあ、四畳半くらいあれば、事足りるでしょう」

佳乃は事も無げにそう言った。

だが、佳乃の客室には、そんな大きな荷物は置けない。それに今、母屋の方も置き場所がない。

母屋の二階は奈緒子と宗佑の居室と、翔太の部屋、そしてあと一部屋、東京の大学に通っている翔太の妹の幸《さち》の部屋がある。その部屋は空いているのだが、今は食事部屋の工事のため、同じ庭の敷地内にある蔵の中の大事な食器や書などを、その部屋に移しているのだ。

それで、お花のお稽古に使ったり、お弟子さんたちが寝泊まりする離れが村田の屋敷にあることを思い出し、少しの間、荷物を置かせて欲しいと電話で頼んだところ、「いいよ。誰も使っていないんだ。使えばいい」と二つ返事で了承してくれたのである。

「四畳半くらいの荷物だと言っただろ？」

村田が奈緒子に確認するように言う。

「はい、そのように言ったかと」

「違うんだよ。四畳半は四畳半でも！　中身はなんだか、知っていたのかね」

「大切なものだとか」

佳乃は、大きなスーツケース四個に服や身の回りの物を詰めて持ってきたが、それ以外のものをまとめた段ボール箱が四畳半分、山積みに届くとばかりに思っていた。

だが、フランスから届いたのはそうではなかった。

「チェンバロだよ！　知ってるかね、チェンバロ！」

その週の土日の宿泊の一件は何とかなった。

急に来られなくなったお客様がいらしたので、どうにかなっただけなのだが。

もし、そうでなかったら、奈緒子は菊亭の菊に頭を下げて、お客様に菊亭にお移りいただくしかないとまで考えていた。

地元の旅館同士、それはないことでもない。

突然、停電などになったり、めったにないが、水が止まったりした時は、旅館同士で助け合い、お客様に信頼できる別の旅館に移っていただくこともある。

今回は、そういう突発的な出来事ではないが、ちょうど、かぐらやで一泊、菊亭で一泊を予定されていた顔見知りのお客様がいらしたので、そのお客様にお願いして、先に菊亭にお泊りいただけるかどうかをご相談しようとしていたのだ。

「大事なことよねえ。同業者の横のつながりも」

そのことを佳乃に伝えに奈緒子が部屋にうかがった時も、他人事のように佳乃はそう返した。

「そういう人間関係が良くも悪くも、日本的なのよねえ。ほんとうざくらしー」

うざくらしーとは、金沢の言葉で、面倒なとの意味合いである。そんな地元の方言までもが、すらすらと難なく出てくる。久しぶりの日本なのに、違和感なく、日本語を使いこなしている。

聞くと、どうやらオーベルジュの館の主であるフランス人のご主人が、大の親日家で日本語が堪能だったこともあり、通常の会話は、フランス語ではなく日本語だったらしい。そして、そのオーベルジュで働くシェフや従業員たちも日本語が話せたという。

「私が覚えるよりも、向こうが覚えた方が早いでしょ？」

さも当然というように佳乃は言ったが、佳乃と日本をこよなく愛するご主人は、オーベルジュで働く条件として、日本が好きで日本語を勉強する意志のある人としたそうだ。

外に出かける時も、ご主人がいつも一緒なので、佳乃はフランス語を使う必要もなく、「ボンジュール」「メルシーボークー」「ノン」その三つが言えれば、事足りたという。

そこにウィがないのは、「フランスの男は、ノンと言う女が好きなの」ということのようだ。

「わがままな貴婦人に尽くすのが、フランスの男なのよ」

屋敷の中でも外でも、夫に、かしずかれていた佳乃の姿が目に浮かぶ。

そして、それはフランスの男だけではなかった。番頭の増岡である。客室で佳乃と対面した時、増岡は、その場に正座し両手を揃え、畳についた。

「お嬢様、お懐かしい限りでございます！」

そして何度も黒縁の眼鏡を上げては、ハンカチで目から溢れ出る涙をぬぐったのだ。

増岡は、もとは能登の本家の柿沼で働いていた。ちょうど、まだ佳乃がその柿沼にいた頃、見習いで入ったそうである。聞くと、お茶やお花のお稽古、金沢へのお買い物など、増岡がいつも佳乃に付き従って出かけていたらしい。

「増岡、あなた、少し老けたんじゃない？　ンンン、少しじゃないわ、すごく老けたみたいよ」

四十年ぶりの対面なので当然である。

「はい。私は、もう年も年でございます」そう嬉しそうに答えると、「ですが、お嬢様は、あの頃のままで、少しも、お変わりございません！」

二人とも還暦を過ぎたあたりの、似たような年齢であるので、佳乃の方も、「そんなことないでしょ？」と言うかと思いきや、

「当然です。シュッドウエストの館には、エステティシャンもいて、美容にはいつも気をつけていましたから」

アンチエイジングとまではいかないが、美には大層気をつかっていたようだ。

今も佳乃は、目の前の増岡を見てはいない。手の爪に、光沢のあるベージュのネイルを施しながら話している。

そんな佳乃の前でまだ正座したままの増岡は、「さすがお嬢様でございます！　この増岡、こうして、あの頃のままのお嬢様にまたお会い出来、こんな幸せはございません！」ひれふ

さんばかりである。

「どうするんですか？」

昨夜も夜食の後片付けをしていると、彩も手伝いながら奈緒子に聞いてきた。

彩などは、とっとと能登に帰ってもらえばいいものを、何をそんなに手を焼いているのだと言いたげである。房子も、この時ばかりは、彩の言うことに「もっともだ」と言うように、流しで使った食器を洗いながら、頷いている。

出て行って欲しいと言えばすむことなのだが。

やっぱり、何か志乃と似ているようで、強くは言えないのだ。

佳乃がくらしていたシュッドウエストの広大な敷地には、自宅である館の他に、宿泊者用のホテル、そして十九世紀に建てられた貴族の館などもあり、こちらには貴賓客が泊まるらしい。

ネットで見てみると、手入れの行き届いた庭園には川が流れ、池もあり、木々には小鳥がさえずっている様子が映し出されている。

木漏れ日の下、客はその自然の中を散歩するのだ。

彩もそのオーベルジュのことは知っていた。

「有名ですよ。世界中から、そのオーベルジュのフランス料理を食べにやって来ます。それと、ホットスプリングもとてもいいらしいです」

ホットスプリングとは、日本で言うところの温泉である。

その敷地には、温泉も湧き出ていて、ホテル客はもちろんのこと、療養を兼ね、長期滞在をする客も世界中からやって来るそうだ。

佳乃は、そんなオーベルジュのマダムとして、夫から熱烈に愛され、従業員や周りのフランスの人たちからも、尊敬されていたのであろう。それは、佇まいを見ていてもわかる。人の上に立つ風格、しいて言えば、女帝のような存在感と気品が身についているのだ。そういうところもまた、奈緒子には志乃に似ていると思え、強く出られないところでもある。

その佳乃の趣味がチェンバロを弾くこと。

チェンバロは分解して運べるようで、それが厳重に梱包されて木の箱に納められ、村田の家に届けられたのだ。

「申し訳ございません」

荷物の中身をちゃんと伝えなかった奈緒子の落ち度である。

村田は、談話室で口をへの字に曲げ、迷惑千万という顔だ。

「困るんだよ。運んできた業者が、チェンバロと言ってはいたが、それがどんなものか、私にはよくわからないしね」

奈緒子もその楽器は知っているが、確かピアノに似ていたようなと、それくらいである。

「そういう訳のわからないものを預かることはできないよ。すぐに引き取ってくれたまえ」

だが、引き取れと言われても、置く場所など、こちらにもあるわけがない。

奈緒子が返事に困っていると、「あら、チェンバロをご存じないんですの？」と声が聞こえ、佳乃が二階の客室から階段を下りて来た。

今日の装いは、手の込んだ刺繍の入った白いブラウスにシルクの薄紫のカーディガンを羽織り、スカートは茶色のレザー。そこから見える足は、スラリとしていて、黒い網目のついたストッキングを履いている。

客室には、お客様のための浴衣と一緒に、白い足袋をご用意してあるのだが、洋装に足袋は佳乃の美学に反するのだろう。備え付けの館内用の草履もそれでは合わないとばかりに、低めのヒールのついた室内履きを自分用に使っている。

村田の前に座ると、その足を優雅に組んだ。そして、村田を微笑み見つめると、チェンバロについて説明しだしたのだ。

「チェンバロとは、バッハが活躍したバロック時代の楽器ですのよ。主に王侯や貴族のサロンで弾かれてましたの。ピアノと似てますが、鍵盤の黒と白が逆で、打って音を出すピアノと違って、鍵盤と連動する爪で弦を弾くことで音を出すのです。その爪は、鳥の羽根を使っていて、それは美しい音色を奏でるんです。是非、私の演奏を聞いていただきたいわ」

そう言うと、右手の甲を顎《あご》の下に添え、自信ありげに村田を見つめた。

村田の方はと見ると、息を飲み、固まっている。フランス帰りの佳乃のことは、すでに村田も奈緒子から聞いて知っていた。だが、まさかこんな貴婦人のような女性だとは、思ってもいなかったようだ。

佳乃に見つめられ、気圧《けお》された村田が、口をもぞもぞさせ、何かを言おうとした。だが、次の佳乃の一言ですべてが決まった。

「よろしくて、ムッシュ村田」

エレガントでありながら、有無を言わせぬその物言いに、思わず「はい」と村田が返事した。

そして、その夜のことだ。

奈緒子は夕食が終わった頃合いを見計らい、佳乃の部屋を訪れた。週末明けの今夜は、宿泊のお客様もそんなに多くないので、客室回りのご挨拶も早めに終わったのだ。

深い事情があるのはわかっている。

能登の柿沼で働き、当時、佳乃に仕えていた増岡なら、もう少し詳しく、その辺りを知っているのではと聞いてみたのだが、「私は何も存じあげません」その一点張りであった。ますます、よほどのことだと思わずにはいられなくなる。

だが、このまま日本でくらすのか、またフランスに戻るつもりなのかはわからないが、今後の予定をお聞きしないことには……。

いつまでもかぐらやに客としていてもらうというわけにもいかないだろう。チェンバロの方は、取りあえずは、村田が預かってくれることにはなったが、こちらもそういつまでもという訳にはいかない。

あの後、帰り際、村田は、「困るんだよ、奈緒子くん。ほんとに困るんだが……」

本人の佳乃に「はい」と返事してしまったのだから、仕方がない。それ以上は何も言わず、山吹色のフェルト帽を目深《まぶか》に被り、肩を落として帰って行った。

「失礼いたします」

主室の襖の前で膝をつき、中へ声をかけた。

佳乃は、角部屋の桔梗《ききょう》の間に宿泊している。二間続きの部屋とまではいかないが、広めの和室に文机《ふづくえ》が置ける三畳ほどの小部屋もついていて、窓際には板敷の広縁もある。一人で過ごすには十分な広さだ。

佳乃は、ちょうど、今が旬のデザートのぶどうを食べ終えたところである。

口元をナプキンで拭きながら、顔を向けた。

「あら、良かったわ。私も、奈緒子さんをお呼びしようと思っていたの。ちょっとお話があるのよ」

もしかして、能登に帰る気になったのかと、「それでは、ご実家に?」思わず、先走って口に出してしまった。

佳乃が呆れたように息をつく。

「志乃姉さまが言ってらした通りね、ほんと、せっかちなところがあるって。お姉さまは、たまの手紙でも、よくあなたのこと書いてらしたのよ。あのえんじょもんの嫁が、また、あんなこと、こんなことをしでかして、大変だったとか」

フランスにまで、そんなことが伝わっていたなんて。

「それは……申し訳ありません……」

志乃に謝るように、佳乃にも謝ってしまった。

「まあ、それが直りようもない、あなたの性格のようね」

そして、これも志乃がよくしていたように、これ見よがしに溜息までつくと、先を話しだした。

「奈緒子さん、よく聞いて」

「はい」

　今度は慎重に返事する。

「私はね、かぐらやの女将になっていたかもしれないのよ」

「え……」

「以前、かぐらやの女将をしていた娘さんが亡くなった時、志乃姉さまは、私に、このかぐらやの女将になってもらえないかと、言ってきたことがあるのよ。その時の手紙もちゃんと持っているの」

　その娘というのは、宗佑の姉で、翔太の母親のことだ。だが、奈緒子は初耳である。

　佳乃はバッグの中から大切そうに古びた封筒を取り出し、座卓の上に置いた。佳乃に宛てた、まぎれもない志乃の手紙である。

「その時、その話を受けていたら、どうなっていたかしら？」

「どうなっていたか、とは……？」

「私は、ここの女将に。そして、志乃姉さま亡き後、私は大女将になっていたはず。そうでしょ？」

「はあ」

佳乃の言う通り、そういうことになったのかもしれない。

だが、佳乃が何を言いたいのか、わからずにいると、その後である。

とんでもないことを口にした。

「そうしたら、私は……あなたの姑ということになるわね」

奈緒子にとっては、大女将であった志乃は姑ではあるが、大女将になったかもしれない佳乃がどうしてその姑に……？

「ええ？」思わず声を上げ、佳乃を見た。

「よろしくて、奈緒子さん」

また有無を言わさないあの笑みである。

無茶が過ぎる言い分だ。

第三章　金沢気質

一

奈緒子は、今しがた漬け込んだばかりの樽を板場の外にある裏庭の物置に運び込んだ。

ここには、板場で使う道具などがしまわれており、先週漬け込んだ樽が先に置かれている。その隣に今日漬けた樽を置く。その中身はかぶら寿司である。

かぶら寿司とは、寿司とはつくが寿司ではなく、鰤を塩漬けし、こちらも塩漬けしたかぶらに挟んで米糀《こめこうじ》で発酵させたなれずしで、この地域の郷土料理だ。

今の鰤起こしの時期の鰤は、日本海を回遊しながら南下し、産卵にそなえ、たくさんエサを食べた後の脂ののった寒鰤となる。その寒鰤を、辰夫がかぐらやで使う食材のついでに、近江町市場で仕入れてきてくれたのだ。

漬け込んだ後は、樽から取り出し、小さく切り分けて食べる。

その切り口からは、かぶらの白い色と鰤のこってりとした肌色、そして千切りにした人参の橙色《だいだいいろ》が鮮やかに重なり、全体を覆うように包んでいる糀が、まるで泡クリームのようにも見える。

彩に出したところ、「和風ミルフィーユみたいですね」と言って、その可愛さに感激していた。

お味の方も、かぶらのしゃっきり感と、プリッとした鰤の旨味を糀が品よく包み込み、甘酸っぱい中にも、上品な和菓子のような甘さがあると言う人もいる。

見た目はミルフィーユ、味は和菓子とは、なかなか想像しにくいが、その独特で複雑な味覚は、気に入るとやみつきになってしまうようで、奈緒子もその一人だ。

それもあり、宗佑が「かぐらや弁当のお店」を立ち上げた時、このかぶら寿司を、小籠包に添えるおかずの一品として提案し、自分が作ると申し出た。

借金をこしらえては、失踪を繰り返した宗佑だが、「今度こそ、オレは生まれ変わる。信じてくれ、奈緒子!」と今までにない真剣な顔つきに、これが夫である宗佑の最後のチャンスと奈緒子も全力で力になろうと決めたのだ。

辰夫も、そんな奈緒子の思いを知っていたのだろう。

本来、かぐらやの板場は、板前の聖域で、料理人以外、入ってはいけないことになっている。だが辰夫は、「長年続いた古いしきたりも大事にせんといかん。けど、まずは、人の思いや」そう言って、このかぶら寿司を作る時は、奈緒子に板場を使わせてくれている。

そんな辰夫への感謝と、板場への敬意の意味も込めて、奈緒子も板場に立つ時は、着物の上に、真っ白な割烹着《かっぽうぎ》を着て、手ぬぐいでグイと姉さん被りをし、気合を入れている。なので、今もその恰好だ。

味の方の評判も上々で、宗佑の作る小籠包に奈緒子お手製のかぶら寿司を付け合わせたことで、かぐらや弁当は、夫婦《めおと》弁当と言われるようにもなっている。

最近、お弁当の売れ行きもいいので、今日はいつもより、多めに漬け込んだ。宗佑もますます張り切っている。それは奈緒子にとっても嬉しいことだ。

――それはいいのだが。

物置を出ると、背筋を伸ばし顔を上げた。樽は一人で持ち上げると、かなりの重さがあるので、夏場はこれだけの作業をすると、もう汗だくであったが、今は、うっすらかいた汗もすぐに引っ込んでいる。

裏庭からは、向こうに卯辰山の頂が見える。まだ真っ赤な紅葉をつけてはいるが、そろそろ、落葉が始まり、冬支度を始めようとする頃だ。

だがこんな景色を見て一息ついても、どうも気持ちがスッキリしない。

辺りを見回す。仲居や板前たちが休憩できるようにと、ベンチなどを置いてあるが、今は誰もいない。それを確かめると、息を吸い込み、大きく吐いた。深呼吸のような溜息である。

旅館では、いつもはこらえているのだが、仕方がない。

やはり、あのことが引っかかっているのだ。

昨日のことである。

「困るんだよ、奈緒子くん、ほんとに困るんだが……」

そう言い、大いに弱っていた村田だが、佳乃に是非、聞きに来て欲しいと言われ、演奏会に出席することになった。演奏会といっても、お客は村田と奈緒子だけである。

——これがチェンバロ。

村田の離れの座敷に置かれたそのチェンバロを初めて目の前にし、その華やかな美しさに奈緒子は目を見張った。

「わたくしのチェンバロは、スイスの有名な作り手に、十年以上もかけて作っていただいたものですの」

佳乃が久しぶりのチェンバロとの対面に頰を紅潮させて語りだす。チェンバロはすべて手作りで、このチェンバロもこの世に一つしかないものだそうだ。

「一台に集中すれば一年くらいで出来上がるのだけれど、私が依頼した、その作り手さんは、人気があって、世界中のチェンバロ奏者がこぞって頼むの。だから、同時に何台ものチェンバロを作っているため、それだけの時間がかかったのよ。けれど、待っていた甲斐がありましたわ」

　満足そうに一つ一つチェンバロに描かれた絵柄を説明していく。

　白地をベースにした装飾は、ロココ調で十八世紀のフランスの宮廷の様子が描かれている。木陰で本を読む貴婦人に、横笛を吹きながら何かを囁《ささや》いている貴族の青年。ベンチに腰掛け日傘をさした貴婦人の膝に組んだ両肘を乗せ、うっとりするようにその顔を見上げている貴公子もいる。その傍らにはプードルのような犬を小脇に抱えた若い貴婦人の姿。他にも、銅像の足元に逃げ込んだ貴婦人を追いかけて、板塀《いたべい》を乗り越えようとしている貴公子がいたり――。

　当時の貴族たちの恋の駆け引きをモチーフに構成された絵柄が、パステルの淡い色合いで、楽し気に描かれている。そして、その縁取りや、支える台座の足は燦々《さんさん》たる金色である。

「では、一曲」

　佳乃が説明を終え、チェンバロの前の椅子に座った。

「やはり、ここはバッハですわ。このチェンバロをこよなく愛し、このチェンバロから素晴らしい数々の名曲を生み出したんですもの。そのバッハのイギリス組曲を弾きます。一説には、バッハが恋したイギリスの女性のために作ったとも言われている曲ですの」

村田はと見ると、何か居心地が悪そうである。

それもそうだ。

チェンバロは、畳の上に絨毯《じゅうたん》を敷いて置かれており、客席はその片隅に並べられた両肘の付いた椅子である。そこに、着物姿の村田と奈緒子は腰かけているのだ。

普段はお花の稽古やお茶会に使われている座敷である。

座布団に正座するのが当然で、チェンバロを前に椅子に座るのは、どうにも、落ち着かないのに違いない。奈緒子ですら、どうも座り心地が良くない気がして、腰を浮かせたくなってくる。

「奈緒子くん、これでいいのかね」

隣の村田が小声で囁く。

「さあ……」

奈緒子も答えようがない。

この絨毯や椅子は、増岡が佳乃のため、かぐらやに置いてあったものを車で運び込み準備したのだ。もちろん、チェンバロを組み立てたのも、増岡である。コツがあるらしく、昨日、佳乃の指導の下、必死で何とかしたらしい。

その増岡は、離れの縁側に正座して、今にも始まる佳乃の演奏に心躍らせている。

「増岡、あなたも聞くといいわ」

先ほど、佳乃にそう言ってもらえたのだ。

「え？　私も御一緒にお聞きしてよろしいのでございますか？　なんとお優しい……」と、ここでも涙を流さんばかりに大感激していた。

そして、もう一つ。村田の居心地が悪いのが、手に持たされたシャンパンのグラスである。

「サロンでの音楽には、シャンパンはつきものですのよ」

このシャンパンは、佳乃がフランスから持ってきたものである。

お気に入りだそうで、チェンバロとの再会の日のためのものであるらしい。輝く黄金色の液体に、無数のきめ細やかな小さな泡の粒が光っている。

佳乃が、グラスを掲げ、こちらに笑みを寄越す。

今日の衣装は、演奏会のためのものであろう。シックな光沢のある深い緑のドレスで、その縁取りには黒のレースが縫い付けられている。胸元には、亡くなったご主人からもらったというこちらも緑のエメラルドが光り輝いている。

離れの座敷ということを忘れれば、フランスの貴族の館のサロンコンサートとでもいうべきところだろうが……。

佳乃が、シャンパンを一口、口にふくみ、味わいを確かめるようにして、軽く目を閉じた。

つられるように、村田と奈緒子も一口、飲む。泡が弾けるように喉を通り抜けて行く。

「では、お聞きになって。始めますことよ」

グラスを傍らのテーブルに置くと、佳乃のスラリとした華奢な手が、鍵盤に添えられる。

そして、次の瞬間、聞いたこともない音色が辺りに響き渡った。

村田は、演奏が始まる前、「音が響いて、苦情が来るということを理由に、あのチェンバロを引き取ってもらおうと思っているんだよ」と奈緒子に話していた。

やはり、チェンバロを離れに置くことをよしとはしていなかったのだ。同じ置くなら、慣れ親しんだ琴や三味線の方がいいに決まっている。だが、演奏後、その考えは変わった。

「ここで、気が向いた時に、練習をしたいのだけれど、ご近所の方たちの迷惑にならないかしら」

佳乃の方から聞いてきたのだが、村田は、興奮冷めやらぬ声で、

「いや、大丈夫です！　我が家は、山の麓ですし、これだけ広い。何か言ってきても、私はここら辺りの町内会の会長もしています！」

そんなよくわからない返事をし、「私は、今まで世界を知らなかったようです。チェンバロがこんなに素晴らしい曲を奏でる楽器だとは……」

村田は、気難しく頑固なところも大いにあるが、やはり華道家という花を活ける芸術家でもある。目の前での佳乃の演奏に心を動かされたようだ。

奈緒子もしかりである。

一瞬にして、その魅力にみせられた。刺激的な音色だ。

テンポよく、心に飛び込んでくるような弾ける音の連打である。映画に喩《たと》えるなら、一瞬も目が離せない展開に、次は何が起こるのかと、知らず知らずどんどん引き込まれていく感じだ。だが、それだけではない。どこか柔らかく、優雅で繊細で、聞いている者の気持ちを優しくなでていくようでもある。

そして、何より、それを弾く佳乃だ。

その表情は、いつもの少し高慢で気位の高い佳乃ではない。バッハの曲調に合わせ、嬉々《きき》としたり、切なそうになったり、憂《うれ》いを秘めたりと、まるで無邪気な少女が曲と戯《たわむ》れている様子なのだ。

貴婦人の顔とチェンバロを弾く少女の顔。館の主が、亡くなるまで、佳乃にぞっこんだったのがよくわかる。

佳乃がグラスをまた手に取ると、村田に向けて傾けた。

「じゃよろしくて、ムッシュ村田」

その言葉に、ここでも村田は「はい」と返事した。

これでは……。

金沢の重鎮村田が、佳乃の僕《しもべ》になる日も近いのではと思いたくもなる。

村田は、かぐらやのご意見番でもあり、かぐらやで起こることの調停役でもある。

志乃がいた頃は、こじれた嫁姑の間の修復や、志乃と辰夫の夫婦喧嘩の仲裁役までも、

「どうして、私がこんなことまでしなきゃならんのだね?」とぼやきながらも、毎回、渋々引き受けてくれていたのだ。そんな村田を奈緒子は、今回も頼りにしようとしていた。

なのに、この様子では……。

アテに出来ないことになるかもしれない。佳乃のあの言葉。

「私はね、かぐらやの女将になっていたかもしれないのよ」

そこまではまだいい。だが、そのあとである。もしそうなら、大女将が亡き後、ここの大女将になっていた。そして、

「そうしたら、私は、あなたの姑ということになるわね」とまで言いだしたというのに。

チェンバロの演奏の後、佳乃は感動の冷めやらぬ増岡にシャンパンのお代わりを注がせながら、「奈緒子さん、あなたも気に入ってくれた?」優し気に奈緒子に声をかけた。

「はい、とても、素敵でした」

「そう、良かったわ」

そして、シャンパンをまた飲み干しただけである。だが、奈緒子は、あれから佳乃が、何も言ってこないことが余計に気になっている。

けれど……。

ここは、奈緒子が信条としている「案ずるより産むが易し」だ。

何やかやと、心を煩わせていても、仕方がない。あれは単なる世間話で、昔を思い出し、フと口から出た佳乃の気まぐれなおしゃべりかもしれない。

そう気持ちを切り替えるように、二、三度大きく腰を曲げ屈伸などをして、板場に戻ろうと戸を開けた。そのとたん、「女将さん、大変です！」と、仲居の弘美が廊下から配膳室に駆けこんで来た。

「知子さんが！」

かぐらやの仲居は、仲居頭の房子と知子、弘美、和代、そして彩の五人である。知子は、その中でも、房子に次ぐベテラン仲居だ。

「知子さんが、どうしたの？」

その声の様子に、何事かと急ぎ聞き返した。

「それが、自転車に乗っていて、車とぶつかったみたいで」

「え？」

「病院に運ばれたそうなんです！」

姉さん被りの手ぬぐいと割烹着を脱ぎ捨てると、奈緒子はすぐさま駆けだした。

二

初めてかぐらやに宿泊された年配の男性のお客様である。

二階の客室から下りて来られた、ご出立《しゅったつ》のお客様が機嫌よく声をかけられた。

「いやあ、女将、昨日の板長の料理はうまかったよ」

「それに、一度、かぐらやさんに泊まりに行ってみるといいと知人から勧められた理由がよくわかったよ。少し風邪気味だと言っただけなんだが、足元には多めの毛布と、枕元には薬を飲むための白湯《さゆ》、それに、もし体調が気になったら、いつでも連絡して下さいと、女将自らが言ってくれただろ？　旅先で、ああいうことを言われると、私のような年かさの男でも、何か実家に帰って来たような気持ちになってね、安心してゆっくりと休むことが出来たよ」

「そうでございますか。ありがたいお言葉でございます。旅館の醍醐味《だいごみ》は、『来る者、帰るが如し』、我が家に帰ったようなおもてなしをすることでございますので」

「さすが、かぐらやの女将だ。いいこと言うねえ」

「いいえ、そんな……ですが、お客様にそう言っていただけて、心より嬉しく思っております」

そう女将然と答えて辞儀するのは、奈緒子ではない。着物を着た佳乃である。

奈緒子は、その佳乃の隣にいるのだが……。

「女将さん、いいんですか？」

奈緒子の後ろから見ていた彩が小声で聞く。女将は佳乃さんじゃなくて、奈緒子さんなんですよ？　と言いたげだ。

わかっている。それは、わかっているが……。

この状況で、私が女将ですと、名乗り出ることは難しい。何故なら、お客様は佳乃の方を女将だと信じて疑っていないのだから。

「じゃ、また来させてもらうよ」

玄関の前の座敷に正座し、お見送りしている佳乃が「はい」と返事し微笑むと、ようやくお客様が、その隣にいる奈緒子に気づいた。

「あ、そちらは、確か……」

と、奈緒子が答える前に佳乃が言った。

「かぐらやの女将の奈緒子さんです」

「そうだったね、夕べ……」

そう、夕べの挨拶回りの時に、ちゃんとそう言ったのだ。

「そうか、すると」と、もう一度、佳乃を見ると、「こちらは、大女将なんだね」今度は奈緒子が女将、佳乃が大女将だと思っている。だが、佳乃は否定もせず、「またのお越しをお待ち申し上げております」と丁寧に頭を下げた。

「じゃ、大女将、また来るよ」

お客様が満足して帰って行かれる。その背中に奈緒子、そして仲居が倣《なら》うように頭を下げる。

これでは……。

志乃がいた時と同じである。まずは大女将の志乃がお客様に辞儀し、続いて女将の奈緒子、そして仲居たち。その順序であったのだ。

顔を上げる前に、チラッと隣にいる佳乃を見た。

おもてなしは、「辞儀に始まり辞儀に終わる」といわれるくらい、この辞儀が難しく大事なことだ。

本当の辞儀が身につくまでは何十年かかるとも言われている。なのに、佳乃のその辞儀は非の打ちどころがないばかりでない。その姿形さえも見事に美しい。

下げた首筋の襟足が何ともいわれず、着物に長年慣れ親しんだ女将の風情を醸《かも》し出し、添えた両手はその爪の先まで、もてなしの気持ちが行き届き、風格さえ感じさせる。

お客様の姿が見えなくなると同時に、感嘆の溜息が聞こえた。斜め後ろにいた房子がその顔を上げ、感激しているようだ。

「さすがでございます。さすが、本家柿沼でお育ちになったお方……」

知子はまだ休んでいるので、弘美、和代、そして彩が続けて顔を上げた。

「女将さん……」

また心配そうな彩の声が背中越しに小さく聞こえる。


仲居の知子が、病院に運ばれたと聞き、あのあと奈緒子は急ぎ駆けつけた。

知子は、救急処置室のベッドに横になっていたが、息を切らし駆け込んで来た奈緒子の顔を見るなり、「すみません、またドジっちゃいました」申し訳なさそうな声で謝った。

またというのは、知子も奈緒子と同じで、少々そそっかしく、よく旅館の階段で足をすべらせては、尻餅をついているのだ。昔仕立ての階段なので、踏み幅が狭いのも問題なのだが。

その日は休憩時間に一度家に戻り、家族の夕飯の下ごしらえを終えて、旅館に戻ろうと自転車をこいでいたらしい。と、横道から大通りに出ようとして、軽トラックとぶつかった。だが、ぶつかったといっても、自転車の前のタイヤが引っかかって、その弾みで、倒れ転んだだけらしいのだが。

「ほんと、すみません。大したことないんです。でも、左腕が……」

倒れた拍子に左手の肘を打撲した。包帯で巻かれているその腕の診断は全治二週間程度だそうだ。

「それぐらいですんで、ほんとよかった」

奈緒子もまずは、胸をなでおろした。

けれど、入院する必要はないが、左腕がそれまで使えないとなると、旅館の仕事が出来ないことになる。

まずは、その日である。

満室に近く混み合っており、仲居頭の房子とベテラン仲居の知子には、一人で二部屋を担当してもらうことになっていた。その知子の担当のお客様のお世話を誰かに頼まなければならない。

こういう人手が足りない時は、旅館組合から仲居さんを派遣してもらう仕組みとなっているので、奈緒子は旅館に戻ると、すぐに帳場から組合に連絡したのだが、あいにく、その日は派遣の仲居さんがすべて出払っていた。知り合いの旅館にも聞いてみたのだが、どこも行楽シーズンでこちらに回す仲居はいないとのことであった。

「わたくしでよければ、お食事などお運びいたしますが」増岡が申し出てくれた。

「そうしてもらっていいですか？」

「はい、もちろんでございます」

支配人には、客室に入ってまでのお客様のお世話は普段はしてもらわないのだが、今回は仕方がない。けれど、それでも、「大丈夫ですかねえ」と房子が心配している。

「ご家族連れのお客様も二組いらっしゃいますし」

竹の間と梅の間は、東京からお見えのお客様で、二間続きのお部屋をそれぞれ家族四人でお使いなのだ。こちらは、弘美と和代の担当だ。それで手一杯だろう。

彩も、和のマナーレッスンに来られた若い女性のお客様を担当しており、今日は夕方までひがし茶屋街を回った後、陶磁器の店にも案内するとかで、帰りは夕食ギリギリになりそうだと聞いている。

夕食をお出しする時間は、基本は同じである。

その間、仲居は、お客様の食事の進み具合をうかがいながら、次のお料理を用意してお運びしなくてはいけない。そのためには、傍らで給仕しながら、そのタイミングを見計らわなければならないのだ。

一品を食べ終え、さて、次は何の料理が出てくるかと、楽しみにしていらっしゃるのに、なかなか次の料理が来ないのが一番の興醒めだ。

待たされてイライラしている間に、どんなに美味しい食事であろうと、その不満だけが残ってしまう。

これではせっかくの料理も台無しである。

「それと、あのお客様もお越しになられますよ」

房子が眼鏡の奥の目を真ん中に寄せている。

あのお客様とは、新潟から来られる古美術評論家の菊池《きくち》様のことで、金沢の九谷焼などを時々見て回りにやって来る。その世界では権威ある重鎮だそうで、こちらも少し気難しい。かぐらやが定宿なのだが、気に入らないことが一つでもあると、そのまま菊亭に宿替えをされたりもする。

菊などは、それがわかっているので、「かぐらやが、何か粗相《そそう》をしたのでございますか？」とそれとなく聞き出して、月一の女将会で、あの柔らかな口調で皮肉を込めて言うものだから、奈緒子も気が抜けない。

その菊池様なのだが、いつも知子が担当で、「まかせて下さい。菊亭には行かせませんから」と、甲斐甲斐しく世話してくれていたのだ。

だが、その知子がいないとなると。

「では、今回は私が」

「ですが、奈緒子さんは、ご指名が」

そうであった。

親しくしている常連のお客様のご紹介で、女将自ら世話を頼むと申し付けられているお客様がお見えになるのだ。お一人なら何とかなるのだが、こちらもお年を召したご両親も御一緒の三名様だ。

房子も、さすが北陸随一と言われる仲居頭だけあって、今日、ご予約のお客様は二組とも、半年も前からの房子ご指名のご贔屓《ひいき》様《さま》である。

そこへ、弘美が急ぎ来た。

「女将さん、竹の間のお客様なんですが、ご友人の方も一緒に夕食を召し上がりたいと」

「え？」

「それで、あと二名分、お食事を追加して欲しいとおっしゃられているのですが」

房子と顔を見合わせる。

できませんとは言えない。

「ありません」「できません」と言わないのが、本家「柿沼」からの暖簾分けの時の約束事の一つである。

お客様のために、やれることはすべてする。それをおもてなしの基本とし、暖簾を分けた分家にもそのことは重々申し送りしているのだ。

「板長に、そのことをすぐに伝えて下さい」

材料は、こういう時のために、いつも余分に仕入れているはずだ。

「はい」

増岡が急ぎ板場へと向かう。


配膳室はドタバタであった。

「弘美さん、竹の間のお料理できました！　お運びして下さい！」

奈緒子も担当のお部屋の食事を用意しながら、仲居たちに指示を出す。

「はい、ただいま！」

「和代さん、梅の間も出来ました」

「はい、今すぐに！」

板場も息つく暇もない。追加の二名様分も急遽《きゅうきょ》引き受けたので、その下ごしらえも同時にすることとなったのだ。

「哲！　煮物をそろそろ盛り付けや。健太！　焼き物の火加減、よう見とけ！　何してるのや、翔太、皿を並べんか！」

辰夫の怒号が飛ぶ。そして、こんな時に限って皿が割れる。

「ああ〜！」

急いで配膳室から出ようとした弘美と、こちらも急ぎやって来た彩が暖簾越しにぶつかった。

配膳台越しに気づいた辰夫が少し苛《いら》ついた声を上げる。

「作り直しや」

「すいません！」

弘美が謝りながら、割れた皿を片付けだした。それを彩も素早く手伝う。

まだ前菜が終わり、先吸物、お造りと順にお出ししたところで、これから主となる料理が出るところである。そこへ房子も急ぎ戻って来た。

「菊池様ですが、いつもの地酒を熱燗《あつかん》でと」

「いつもの？」

ハッとする。

菊池様のお世話は、奈緒子と房子の二人ですることとなったのだ。だが、しまった。そのお酒の確認をしてはいなかった。銘柄は覚えている。

「確か……」

急ぎ、棚に並べてある日本酒の中から探す。

「あ、これです」

あるにはあったが、お銚子二本分あるかないかである。

「確か、菊池様はお酒がお好きで、軽く二、三本は飲まれていたような……」

気づいた翔太が、「オレ、酒屋に行って買ってきます！」と下駄を急ぎ履き替え、裏口から飛び出して行く。

「あ、銘柄は……」

もうその声は届かない。みんな、気が動転しているのだ。これではいけない。

「健太さん、翔太君を追いかけて！　あとの皆さんは、落ち着いて！」

そういう奈緒子の声もうわずっている。

そこへ、誰かがやって来た。まずは、屈んで、割れた皿を片付けていた弘美と彩がその足袋をはいた足元に気づき、顔を上げ、唖然とした。そして、暖簾に見覚えのある華奢なスラリとした手がかかる。

そこから顔を出したのは……。

志乃。

いや、志乃の着物に着替えた佳乃である。

その着物は、加賀友禅の牡丹鼠《ぼたんねず》という薄い紫の布地に、白鷺《しらさぎ》が裾に描かれている。池の浅瀬に片足で立つ、その凛とした姿を志乃は気に入り、今の季節よく着ていたのだ。

この着物を着た佳乃の登場には、佳乃を志乃とは、似ていないと言っていた辰夫や房子も目を見張った。それぐらい白鷺の如く、志乃の凛とした佇まいと似ていたのだ。

佳乃は、そんな一同の驚きをよそに、

「皆さん、私もお手伝いさせていただきます」

優雅に微笑むと、「こちらのお料理は？」配膳台の上の出来上がった料理の皿を手に取る。

「ま、松の間です」

房子が眼鏡の奥の目をパチクリさせ、うわずった声で答えた。

「わかりました」

そういうと、事も無げに、お盆に載せ出て行った。

佳乃の接客は見事だった。

あの日、無事にすべてのお客様にお食事をお出しすることが出来、一安心したところで、奈緒子は、それぞれの客室に挨拶回りにうかがうことにした。

松の間の菊池様は、佳乃が担当について世話してくれた。

途中、気になり、様子を見に行ったが、菊池様は機嫌よく食事を召し上がり、翔太が買ってきた地酒もすすんでいたので、奈緒子はそのまま佳乃に任せることにしたのだ。

「失礼いたします」

菊池様に挨拶する。

佳乃は、食事も一通り出し終え、後を房子に頼んで部屋をすでに退出していた。

「女将、あのご婦人はどちらの方だい？　見ない顔なので、聞いたところ、今日は、かぐらやに手伝いに入っていると言っていたが……ただ者ではないな」

感心しきりである。

「古い焼き物にも詳しくてね、九谷焼はもちろん、能登の漆器のこともよく知っている。それに、珠洲焼《すずやき》をご存じなんだよ」

珠洲焼とは、平安時代から室町時代にかけて、能登半島の先で作られていたという中世の日本を代表する焼き物で、何でも、紐を巻き上げて叩きしめて形を作り上げるそうで、焼き物にかける釉《うわぐすり》を当時は使っておらず、灰が自然釉《しぜんゆう》の役割を果たし、幽玄《ゆうげん》ともいえる灰黒色《かいこくしょく》の美しさを醸し出すといわれている。日本の伝統文化の陶磁器の一つである。

「なかなか見る機会もない『幻の古陶《ことう》』とまで呼ばれているんだが、それを、子供の頃から、身近に見ていたというんだよ。どこぞの家柄のお人なんだろうねえ。なかなか、珠洲焼について語り合える人間は、身近にいなくてね。いやあ、久しぶりに、楽しく話せたよ」

「そうでございましたか」

お客様に喜んでいただけたなら、何よりである。奈緒子も笑顔で頷いた。

かぐらやにも、加賀藩のお殿様からいただいた由緒ある焼き物はいろいろあるが、平安時代まで遡った珠洲焼の焼き物などはない。奈緒子も、見たことはあったが、それらはすべてレプリカである。

佳乃は、焼き物の器一つとっても、本物に囲まれて育った能登の本家の娘なのだと、今さらながらそう思わずにはいられない。

一緒に挨拶回りをしていた房子も、「ようございました。一時はどうなるかと……」客間を出ると、菊池様の様子に安堵し、そして、佳乃に関しては、こちらも感心しきりであった。

「『三《み》つ子の魂《たましい》百《ひゃく》まで』とはよくいったものでございます。洋服を脱いで、着物にお着替えになっただけで、どこから見ても老舗旅館の女将に見えるとは……さすが、本家、柿沼のお生まれでございます」

二十でその柿沼を飛び出したが、それまでに身につけた老舗旅館の娘としての教養やたしなみは、たとえ、フランスで長年過ごそうが、失われてはいなかったのだ。

だが、奈緒子の方はそう感心ばかりはしていられない。

それからである。佳乃が旅館の仕事を手伝うようになったのは。

「あの、もう旅館の方は大丈夫ですので」

やんわりと奈緒子も言うのだが、「いいんですの。こちらにごやっかいになっているんですし、遠慮せずとも」と返される。

ごやっかいというが、お客様として宿泊しているので、宿代はいただいている。帰国して、そろそろ、この金沢にも慣れてきて、することもなく退屈していたのかもしれない。村田の屋敷に、チェンバロの練習をしに行くが、それも二時間ほどである。

着物は辰夫が貸したようだ。

あの日、お客様が到着されてからの仲居たちの忙《せわ》しない動きで、佳乃は忙しさを察したようで、奈緒子たちのいない時に配膳室に顔を出し、夕食作りの準備をしていた辰夫に、「何か、お役に立つことがあれば」と申し出てくれたという。

辰夫も最初は断ったらしいが、「もしもの時は、志乃の着物を借りてもええかと聞かれて、つい頷いたのや」と、後で奈緒子にそう話した。

　その佳乃だが、お茶やお花の腕前も一流であった。

　聞けば、オーベルジュでは、従業員に日本語だけではなく、日本文化に慣れ親しんでもらうため、お茶やお花も教えていたらしい。

「奈緒子さん、ここは添えるように挿した方が花も生きるというものじゃないかしら？」

　村田のお花のお弟子さんが、お昼の食事におみえになるというので、奈緒子は先日、お通しする客室の床の間に飾る花を活けていた。そこへ、佳乃が顔を出したのだ。

　奈緒子は、旅行会社に勤めていた頃、数年、生け花教室に通っていたくらいで、あとはかぐらやに来てから、志乃に教わった。

「そこは、こう」「こっちは、こうや」

　志乃に毎回、指導を受け、ようやく客室の花を活けられるようになった。なのに、今度は、佳乃から手ほどきを受けることになろうとは。

「だから、そこはこう」「こちらは、こうです」

　何故か、志乃と同じに奈緒子を指導する口ぶりである。

　奥座敷で、おまつ様を前にお茶を点てる時も、しかりである。しっかりと奈緒子の点前を見ていて、

「ああ、そこでは手前に回すのです」「柄杓《ひしゃく》は、もう少し、釜の外側に傾けなさい」と、こ

こでも指導の口ぶりだ。

だが、すべて佳乃の言うことの方が正しいので奈緒子も素直に従うしかない。

そして最後には、「奈緒子さん、女将ともあろうものが、すべてにおいて、仲居さんたちの手本にならなくてどうするまっし」とわざわざ、金沢の方言の「まっし」をつけ、いかにも志乃のように苦言を呈してくる。

これでは、ほんとに志乃の代わりの大女将である。

今も佳乃は、奈緒子の前を歩いている。

先ほどのお客様もそうだが、旅館でも、知らない客が見たら当然、佳乃が大女将、奈緒子が女将に見えるに違いない。

佳乃も知ってか知らずか、常に奈緒子の前を歩く。


だが、そんな佳乃のお陰で、かぐらやにとっては、いいこともある。

「まるで、大女将が戻ってきたようだよ」

着物を着た佳乃は、誰が見ても志乃を思い出させるようだ。

昔からの馴染みのお客さまなどは、志乃がそこにいるようだと、懐かしそうに喜んでくれるし、仲居たちも心なしか、佳乃がいると緊張して、いつもよりキビキビ働いている。

そういうのを見せられると、女将としてまだまだだと奈緒子も反省しきりである。

先日は、彩の担当の和のレッスンに来た若い女のコたちに、佳乃が房子と一緒にお茶の手ほどきをしていた。

フランス人に教えていたぐらいなので、慣れているのだろう。その教え方の上手さもさることながら、優雅で気品のある佳乃の手つきやしぐさに、若いコたちも憧れの眼差しである。

佳乃も気がのったようで、「これは、かぐらやに来ていただいた皆様へ、私からの、ほんの気持ちです」とシャンパンを一本開けた。

そんなワインやシャンパンは、フランスから、届けられたものである。オーベルジュの従業員たちが、佳乃のために、送ってくれるのだ。そのシャンパンの瓶を両手で掲げ持つと、佳乃が語りだす。

「これは、フランスのシャンパーニュ地方で作られたものですのよ。シャンパーニュには、五千近いメゾンがあり、皆さんがその名前を聞いたことがあるモエ・エ・シャンドンを始め、クリュッグ、ルイ・ロデレールなどがあり、どれも熟成した美味しい味わいで……」と話は尽きない。

そのため、和のレッスンが途中から、シャンパンのレッスンとなってしまったりするので、彩も迷惑この上ない。

「早く、どうにかして下さい」と奈緒子にせっついている。

そして房子だ。佳乃を最初よく思っていなかった房子だが、様子が変わりだした。

佳乃が旅館に姿を現すのは、主にお客様のお見送りと、お迎えの時である。

佳乃は、母屋の奥座敷を使って志乃の着物に着替え、渡り廊下を渡ってやって来る。房子はその時間になると、志乃がいた時のように、旅館側の廊下で待っている。そして、着物姿の佳乃がやって来ると、丁寧に辞儀し、スッとその後ろに付き、かしずくように歩きだす。そして、これも志乃がいた時のように、何事につけても、佳乃を立てるように謙虚に控えているのである。

そんな房子の態度も、佳乃が大女将だと周りに思わせる要因になっているのは確かだ。それだけでも、奈緒子にとっては、立場がない話なのに、そのうえ……。

気がつけば、休憩の時など、母屋で佳乃と房子が二人してお茶を飲んだりしている。

志乃は、お気に入りの粒あんが入ったきんつばとほうじ茶だったが、佳乃はマカロンとハーブティーである。

近江町市場付近にはショートケーキやタルト、プリンなどの洋菓子のお店が立て続けにオープンし、若い女性や観光客にも人気となっている。フランス菓子の代表であるマカロンの専門店のお店もそこにあり、佳乃は増岡に買いに行かせているのだ。

居間のちゃぶ台の志乃のいた席に座り、黄色、赤、オレンジ、グリーンと色とりどりのマカロンを手に取り、美味しそうに食べながら、房子と何を話しているのかというと、奈緒子についてである。

奈緒子も休憩時間には、洗濯物を取り込んだり、夜食の下ごしらえをしたりするため母屋に戻る。

今も渡り廊下を渡り、戻って来たところだが、母屋へと続く襖を開けた途端、房子の少し抑えた声が聞こえてきた。

奈緒子も、自然と足音を忍ばせて、耳をそばだててしまう。

「すぐいい気になってつけあがるんでございますよ。それにおせっかいで。いつもそのことで周りに迷惑ばかりかけているんです」

「ダメね。かぐらやの女将ともあろうものが」

「はい。『悪妻が悪運を連れてきた』と、生前、大女将もよくこぼしておられました。ここは一つ、佳乃さまからギュッと」

「ギュッとね。わかりました」

そっと覗いてみると二人して顔を見合わせ意味ありげに頷き合っている。

そして、やはり、あの言葉。

「やっぱり、えんじょもんの嫁ですわね」

「はい。えんじょもんの嫁でございます」

これでは……。

せっかく、えんじょもんの嫁から卒業できそうであったのに、また振り出しに戻りそうだ。

三

大きな溜息が二つ聞こえる。

一つは、奈緒子。

そして、もう一つは、

「まさか、金沢がこんなに排他的なところだとは……よそ者には、ハードルの高い土地だとは聞いていたけれど……」そう呟く、目の前にいる成美《なるみ》の溜息である。

成美は奈緒子とは同年齢で、彩の母親でもある。

全国に二百以上ものビジネスホテルのチェーン店を持つ、飛鳥グループを作り上げたホテル経営者で現社長。その成美から、今朝、いきなり電話がかかってきて、呼び出されたのだ。

ここは、ひがし茶屋街のカフェの二階。

和スイーツが評判のお店で、器なども金沢の特産品である九谷焼などを使っており、今も、観光客らしい女性客で賑わっている。

奈緒子は、夏の間は、ここでお気に入りの抹茶パフェをよく食べるのだが、今の季節は、あたたかなお汁粉である。程よい品のある甘さで、ふんわりとしたもちもち感のある白玉が気に入っている。

だが、今日はその白玉にもまだ箸をつけてはいない。

成美はと見ると、成美も頼んだコーヒーには手つかずである。

「ハッキリと言わせてもらうわ。今の日本の老舗と言われている旅館の大半は、女将のもてなし以外売りもなく、客も馴染みの客ばかり。そんな日本旅館に未来はない。いずれ、日本旅館はすたれていく。そんなところへ、娘を預けろと言うの？」

彩の女将修業に反対していた成美を説得しに、奈緒子が東京に会いに行った時、面と向かってそう言われた。

もちろん奈緒子も、かぐらやから、老舗の看板をとったら、ただの古い旅館であることはよくわかっている。そのために、新たなかぐらや作りに取り組みだした矢先で、奈緒子の中でも迷いがあった時だった。

志乃を始めとし、代々の女将が培《つちか》ってきた老舗旅館、かぐらやの伝統と格式。それを奈緒子の代で変えてもいいものだろうかと、ためらいのようなものがあり、なかなか踏み切れずにいたのだ。だが、この成美と対峙することによって、その迷いが振っ切れた。

奈緒子の中で、変えるべきものと守るべきものが、ハッキリとしたのだ。

「時代がどう移り変わろうとも、変わらないものがかぐらやにはあります」

老舗旅館の女将の心意気を見せた。そして、「彩さんを、おもてなしの心を持つ、立派な女将にしてみせます」と宣戦布告のようなことまで言ってしまったのだ。

「老舗旅館の女将とビジネスホテルの女社長、まさに女の将の戦いだな」

宗佑などは、その話を聞くと、面白がってそう言っていたが、よく、あんな大それたことを言ったものだと、今にしてみれば思う。

あまりにも己をしらない井の中の蛙《かわず》のようだ。

老舗旅館といっても、客室わずか十四室の地方旅館の女将、かたや、手腕の見事さで、時代を先取りするような最先端のシステムを取り入れた大手ビジネスホテルの女経営者である。

その成美であるが、今日も、いつもの白いパンツスーツ姿だ。

シャープな顔立ちで、肩までたらした髪を横分けにし、片方を耳の後ろにかけている。細身だがラインの美しい身体には、仕立てのよいスーツがよく似合っている。自信ある成功者である。

の装いだ。

奈緒子の方は、急いできたので、女将の着物のままである。

今日の帯は、季節を少し先取りした、雪に咲く「雪持ち椿」の絵柄。着物は、襟元が薄紅色に染められている友禅にした。奈緒子の顔立ちを、よりほんわりとさせてくれる色合いで

見た目も着る物も全く違う二人なのだが、溜息をつきたい気持ちは同じのようだ。

「あなた、こんなところで、よく老舗旅館の女将をしていられるわね」

成美は呆れた声だ。

「だから、えんじょもんの嫁と言われ続けています」

正直にそう話す。まるで、志乃がいた頃に逆戻りである。

いや、その時より、良くないかもしれない。

志乃はまだ出来の悪い息子である宗佑のことで嫁の奈緒子には遠慮があった。だが、佳乃

はその宗佑とは関係ない。奈緒子に対して、その手合いの遠慮などはないはずだ。

「えんじょもんの嫁ねえ」

成美は、そう呟くと、

「だとしたら、私はえんじょもんのイジクラシーね」と息を吐いた。

今、飛鳥グループは、金沢駅前近くの古い旅館を買い取り、大掛かりな改修工事を行っている。金沢の一号店オープンを来年に控えているところなのだ。

実は、彩にこの金沢店の支配人を任せようとしていたようなのだが、彩が会社を辞め、かぐらやで女将修業を始めたことで、成美自らが指揮をとっている。

先日、その件で、成美の秘書が役場に届け出る書類を持って、担当の窓口に行ったところ、待ち合い室に居合わせた旅館関係の人たちが、「あのイジクラシーのところの……」と、コソコソ囁き合っていたらしい。

そのことを後で聞いた成美が、何のことかと調べてみたら、「イジクラシー」とは金沢の方言で「うっとうしい」の意味だとわかった。

「この金沢の人たちから見れば、私はうっとうしいよそ者なのよ」

「まあねえ」

思わず頷いてしまう。そんな奈緒子を成美がチラッと見る。

「あ……」と、慌てて取り繕おうとする前に、「いいのよ、その通りなんだから」そういう声のトーンもどことなく落ちていて、以前とは様子が違う。

「商機は先手」「私の人生はチャレンジそのもの」

その信条を武器に、常に相手に挑むように立ち向かい、人生を勝ち取ってきたのが成美である。

奈緒子と東京で会った時も、そうであった。勝ち誇った表情で、その自信を見せつけてきたのだ。

けれど、気が滅入るのも仕方ない。

今、成美の置かれている立場はなかなか厳しい。大事な時期だというのに、金沢の旅館組合を始め、観光協会からも、そっぽを向かれ、つまはじきにされているのだ。

金沢人の気質は、北国特有の閉鎖的なところがあるのは確かだ。

その理由の一つに、この加賀藩は北陸の海沿いに位置していたので、江戸時代、参勤交代の通り道にはならなかった。そのため、他所の人たちが、この土地を訪れることがなかなかなかったためだとも言われている。それもあり信用できると思った人間以外、あまり県外の人間を受け入れたがらない。

そして、何よりプライドが高い。やはり、加賀百万石という土地に生まれ育ったという自負がある。その加賀百万石の土地柄で大事なのは、伝統と格式、そしてしきたりである。金沢の人たちは、昔ながらの風習や言い伝えなどをとても大事にする。

奈緒子もかつて「便所の神様」で大失敗をやらかした。

この地は、トイレの下に一対の男女の土人形を供えるという昔ながらの習わしがある。

だが、奈緒子はそれを知らず、あろうことか、可愛い博多人形と間違えて、客室の床の間に飾ってしまったのだ。これで、志乃が責任を取り、大女将をやめるやめないの大騒ぎになってしまった。

そのほかにも、厄《やく》年を迎えると、宮参りをし、神社から下った餅を親類に配る厄祓《やくばら》いの風習がある。「厄をかたんでもらう」と言い、厄をみんなに振り分けて担いでもらうということらしい。

また、今はあまり見かけなくなったが、身内が亡くなると、骨灰《こつかい》を編《あ》んだ藁《わら》に包んで墓地にある松の枝に掛ける「骨掛け」という風習があったりする。

そんな独自の風習がいまだに根強く息づいているこの土地で、成美は、ある一件で金沢の人たちの反感を買ったのだ。

成美が買い取った旅館には、大きな松の木があり、地元では御神木と言われていた。

金沢には、兼六園の南側に金澤神社があり、ここは天神さんが祭られているのだが、その相殿《あいどの》として、白蛇龍神も祭られている。通称、白蛇さん、巳さん（ミーさん）としてとても親しまれていて、商売繁盛の神様として信仰を集めていたりもする。

その松の木は、その巳さんが宿っている大事な木だと昔から語り継がれていて、近所の人たちは、事あるごとにお供え物などをしたりしていたのだ。それで、この木だけは、切らずにそのままにしておいて欲しいと、土地の売買の契約をする際に、その旅館の元の主が頼んだにもかかわらず、切り倒した。

「仕方ないでしょ。あの木を残すと、入り口のエントランスが作れないんだから。だから、お祓いもちゃんとしました」

成美はやれることはやったのだと主張しているらしい。

その話は奈緒子も耳にしていた。

「地元の神社はどこも引き受けてくれず、神主を東京からわざわざ呼んでお祓いしたらしいのですわ。なんや、この金沢には馴染まんお人のようですわ。飛鳥グループの女社長さんは」と先日の女将会で、菊が小鼻を膨らませてそう話していた。

そんな成美は、菊を始めこの金沢の女将たちの誰一人とも、まだ挨拶を交わしていない。そのことでも不評を買っていた。

「昔は、ご近所に引っ越ししてこられただけで、お菓子をもって一軒一軒ご挨拶にうかがったものやけど、よそから来てホテルを建てて商いするいうのに、その商売の神さんの巳さんを追い出すようなことして、昔からこの土地で旅館業を営んでる私らにも挨拶一つ来んやなんて、そんなお人、この金沢のお仲間に入れるわけにはいかへんのと違いますか？　どうでっしゃろ」

この菊の提案に、「もちろんです」「菊亭さんの言わはる通りですわ」他の女将たちも大きく頷く。

旅館は観光で訪れるお客様がよく宿泊されるが、若い人たちは、観光で来られても、ビジネスホテルを利用されることが多い。その方が気楽で値段もリーズナブルなので当然ながら、そちらの方に流れていく。

そんな中で、今、人気のある飛鳥グループのホテルまで駅前に出来たら、ますます若い客層が離れていくと、もともといい気はしていなかったのだ。奈緒子としても、その気持ちはわかる。

だが、成美の考えは違うようで、それどころか、「飛鳥グループのホテルができたことで、今まで、金沢に訪れたことのなかったビジネスマンがやって来るはずよ。そうなれば、この金沢の新たな観光にも役に立つはず」と関係者にそう話しているようなのだ。

そういうことも、菊たちの耳には届いていて、「なんやの、新参者のくせに、あの物言いは……！」とますます反感を買うことになった。

と、そんな話の合間に菊が奈緒子に目を向けた。要注意のあの柔和な笑顔である。

「もちろん、かぐらやさんも、私たちと同じ意見でっしゃろ？」

菊が念押しした。

女将たちが一斉に奈緒子を見る。

「はい、それは……」

笑顔で頷かないわけにはいかない。

こういうことで、一人、異を唱えると、先日のように仲居が足りなくなった時など、人を回してもらえずとても困ることになるのだ。けれど成美は、そんな菊たちの思いなど気にも留めずにいたらしい。今までは、地元との軋轢《あつれき》が多少なりともあったとしても、何とかなってきたのだろう。

だが、この地ではそうはいかない。

飛鳥グループの名は、観光協会のパンフレットには載っておらず、旅館組合にも加入していないので組合員としても認められてはいない。

その肩書がないということは、地元からすると、大事な信用が置けないということである。

この地では、その信用が第一なのだ。それがないと、地元の業者が取り扱っている商品を飛鳥グループのホテルには卸さないこともある。

成美は、今回はホテルのウェルカムドリンクを加賀のほうじ茶にしようとしたり、併設するレストランでは、献立の目玉として、加賀野菜の料理を用意しようと考えていたりする。なのに、その地元の食材が手に入れられなくなるかもしれない。

「話を持っていった時は、卸してくれるって言ってたのに、今になって、そっちに回す分はないと言ってくるのよ」と成美は憤慨している。

そして、評判の方も気がかりなのだろう。このまま地元の女将たちと対立して、悪い噂を立てられるのは困る。そこはやはり、客商売である。

「地元のご近所づきあいで商売も回ってるなんて、今時、どうかしてるんじゃない？」

また溜息交じりの愚痴を口にするが、けれど、こんなことを聞かせるために奈緒子を呼び出したわけではないだろう。分刻みの忙しさの女経営者である。

と、成美が冷めたコーヒーに口をつけた。

「私は、時代錯誤のこの土地のやり方を見習う気はないのよ。でも、このままではビジネスに支障が出るわ。金沢の人たちに受け入れられ、信頼されているパートナーだと認められたいの。そこで」

そう言うと顔を上げた。

口元が引き締まっている。やはり、本題は別にあったようだ。ようやく成美が切り出した。

「あなたと対談をしたいの」

「え？　対談」

「そう。これからの金沢の観光ビジネスについてよ。雑誌社の方にはもう話をつけてあるの。

見開きのカラーで、私とあなたのツーショット。飛鳥グループの社長である私と、金沢の老舗旅館かぐらやの女将との、にこやかな写真を載せてもらうわ。それを見れば、飛鳥グループがこの地で受け入れられているとみんなが思うでしょ？」

それはそうかもしれないが……。

「娘も、そこで女将修業してるんだし、好感度は上がるはず」

「でも、ちょっと、それは……」

飛鳥グループの好感度は上がっても、奈緒子の好感度がこの地で下がるのは目に見えている。

そんなことをしたら、えんじょもんの嫁がえんじょもんのイジクラシーの味方をした、「やっぱり、えんじょもんの嫁や」と、ますます言われ続けるではないか。

「考えておいて」

そう言うとバッグを手に取り立ち上がった。

「あ、あの……」言いかけた奈緒子だが、やはり成美が先手をとった。

「まさか、ノーとは言わないわよね。私から娘を取り上げておいて」

「え……」

奈緒子を見下ろすと、真面目な顔つきで、睨みつけている。

「じゃ、よろしくね」

これで話は済んだとばかりに、ついでに伝票も手に取ると、「ここのお勘定は払っておくから。あなたも、そろそろ休憩が終わる時間じゃないの？」勝手に呼びつけて、勝手なことを言って、颯爽《さっそう》と背を向けた。

どこまでも、自分勝手である。

だが、こうでないと、成美のような女経営者にはなれないのだと、何故か奈緒子は感心してしまった。


「裏切り者扱いされるな」

成美と別れたその足で、奈緒子は同じひがし茶屋街にある宗佑の店に駆け込んだ。

夕方の混み合う前で、店にはちょうど客はいない。

「やっぱり、そう思う？」

急ぎ手短に、今、成美に頼まれたことを宗佑に話したのだ。

「ああ。イジクラシーの片棒を担ぐんだからな」

カウンターの向こうで、宗佑がお弁当に小籠包を詰めながら、当然だろうと言うように答える。

「断れないのか？」

「そうしたいんだけど……」

先ほどの言葉が思い出される。

「私から娘を取り上げておいて」成美は確かにそう言った。

彩と成美の親子関係はなかなか複雑で、彩は大のマザコンである。

それまで母親の成美の決めたことには、逆らったことは一度もなく、成美の敷いたレールに沿って生きてきた。それが、かぐらやに来て、奈緒子と出会ったことで変わったのだ。

おもてなしの心を持つ女将になりたいと、初めて自分の意志で自分の人生を選んだ。

成美にすれば、初めての娘の反抗だ。

その彩の決断の後押しをしたのが奈緒子である。成美にとっては、奈緒子のしたことは、他人の親子関係に首を突っ込んだ、おせっかいなことだったのかもしれない。

そうだとしたら。

「やっぱり、ノーとは言えないかも……」

「何だよ、それ」

またしても溜息が出てきそうになる。このところ、溜息だらけの毎日だ。

佳乃のことといい、成美のことといい、あっちもこっちも問題だらけなのだから、仕方ない。

だが、こんなことではいけない。

「宗佑、小籠包をお願い」

「え？ 食べてる時間あるのか？」

「いいから。どんと置いて」

何やら、気迫を感じたのか、言われた通り皿に盛って奈緒子の前にどんと置いた。

「どうぞ。弁当用だから、冷めてるよ」

よしとばかりに、箸でつまむと、口に頬張る。

一つ、二つ、三つ。

「あ〜、また、そんなデカい口で……いいのか？ かぐらやの女将が……」

呆れたように奈緒子を見ている。

よくはない。けれど、こうなったら、溜息ばかりついていても仕方がない。

今こそ、「頑張るまっし」である。その前の腹ごしらえだ。

第四章　能登の本家

一

晩秋の陽が差し、波間がきらきら光る。

奈緒子は、海岸沿いの歩道を歩きながら、顔を上げた。

穏やかな内海《うちうみ》の空にとんびが舞っている。能登の空は、低く垂れこめた鉛色《なまりいろ》と言われるが、雲の合間に見える青さが目に冴え、息を吸い込むと、潮の香りがする。

ここ能登にある和倉温泉は、日本でも珍しい海の温泉だ。

和倉の名の由来は、その昔、泡立つ海で、傷ついた白鷺が傷を癒《いや》しているのを漁師が見て、温泉を発見したからだと伝えられている。「湧《わ》く浦《うら》」つまり、湯の湧く浦から来ているらしい。

その和倉温泉に、かぐらやの本家である柿沼がある。

かぐらや始め、能登や金沢、加賀温泉郷の分家の老舗旅館の総本山と言ってもいい。奈緒子は今から、そこを訪ね、大女将であるヨネに会うのだ。

「おいおい、マジで行く気かよ」

次は何を食べようかと、箸を片手に鍋の中を覗き込んでいた宗佑が驚いた顔を上げた。

その夜は夫婦水入らずの夜食であった。

辰夫は、昔なじみの地元の板前たちと軽く一杯と、翔太も一緒に連れて出かけているし、房子も「そろそろ、本格的な衣替えを」と、これからの冬本番に備え、その支度をするために早々に帰路についた。

そういうことならと彩も気を回したのか、「今夜はお二人でごゆっくり」と自分のアパートに帰って行った。それで二人ならばと、昨日の夜食の残りを温め直して、食べていたのだ。

この地の名物の金沢おでんである。

金沢おでんは、バイ貝やかまぼこのふかし、車麩《くるまぶ》、加賀野菜といった金沢にゆかりのある具材を使っている。出汁は、鶏ガラや醬油、かつお風味とそれぞれだが、神楽家では、昆布と削り鰹をたっぷり入れたお出汁に、お醬油を少し濃い目にたらす。

身も心もあたたまるおでんだが、具材の準備をしておけば、あとは手軽に出来るので、神楽家では、天ぷらと同様、年中通しての夜食の定番だ。

「今の季節は、これがうまいんだよな」

昨日、宗佑が一番に箸をつけたのは、カニ面だ。

カニ面と書いて、かにめんとそのまま読む。

ズワイガニの雌である香箱《こうばこ》ガニのミソと内子《うちこ》、外子《そとこ》を混ぜたものを甲羅《こうら》にぎゅっと詰め、まずは蒸す。そのあと鍋に移し、出汁の味をしみこませて食べる。贅沢な食材だ。

二日目である今夜のお鍋には、そのカニ面はもうないが、丸一日たって味がしみ込んだ源《げん》助大根《すけだいこん》、レンコン団子などが、ホクホクと口の中をほころばせてくれる。

いつもは賑やかな夜食の席で、少し寂しい気もするが、奈緒子にとっては、ちょうどよかった。宗佑には、能登の柿沼に行くことを話しておきたかったのだ。

「ここは何としても、佳乃さんの実家である柿沼の方から、戻って来るように言ってもらわないと」

大根に箸を伸ばす。

息を吹きかけ冷ましながら、口に入れると、すぐにトロリと崩れる。一晩たった大根の醍醐味だ。思わず奈緒子の顔もほころびかけるが、そんなほっこりしている場合ではない。

あれから、また一週間が経ったが、佳乃は相変わらず、旅館に大女将然として姿を現している。

一昨日のことだ。

その日、ご出立のお客様の中に足の具合のよくないご婦人がいたので、奈緒子は金沢駅まで付き添ってお送りしたあと、急いで旅館に戻って来た。そろそろ、坪庭にある九谷焼の生け花を活け替えようと、花屋にも季節の花を注文していたのだ。

この玄関奥の鉢の生け花は、代々の女将が活けることが習わしで、初めて志乃から任された時、奈緒子は、これで名実とも、かぐらやの女将になったのだと実感したことを覚えている。

ところが、である。

坪庭に下りようとしたら、佳乃がすでにそこにいた。

「ここは、訪れたお客様をまずは目でおもてなしする、いわば、かぐらやの顔です。格式と気品を感じていただけるように活けねばなりません」

誰に言うとでもなく、そう口にしながら、花を活けている。その傍らでは、房子が花屋から届けられた花を恭しく佳乃に差し出していた。

掃除にとりかかっていた仲居たちは、手を止め、そんな佳乃を見ている。知子もまだ腕に包帯を巻いているが、旅館の仕事に戻っていて、その知子を含め、仲居たちが、やって来た奈緒子に気づくと、気まずそうに、さっと顔を逸《そ》らした。

その動きで、仲居たちが、奈緒子の活けた花には格式と気品がない、と佳乃が言ったと解釈したことがわかった。

彩だけが、また心配そうに奈緒子を見ていたが、先ほど、帰る間際、台所で鍋をあたため直していた奈緒子にそっと近づくと、真顔で、

「奈緒子さん、このままでいいんですか？　女将の立場どころじゃないですよ。奈緒子さんの女将としての面目も丸つぶれですよ？」と、その場に他に誰もいないにもかかわらず、そう耳打ちしてきた。

奈緒子も、それは重々わかっている。

だが、奈緒子の口からは、旅館の手伝いを辞めて欲しいとは、なかなか言えない。

仮にも、本家柿沼の娘で、志乃の従妹だ。それに、佳乃は好意で手伝ってくれている。なのに、そんなことを言うと、奈緒子より女将然としている佳乃への、何かやっかみみたいではないかと、自分でもどことなしか思ってしまう。

そんな奈緒子を見かねてか、辰夫が察し、「ワシから話してみよか？」と言ってくれたのだ。

辰夫にはこういう気の回るところがある。だからこそ、大女将である志乃と、旅館では共にかぐらやを背負う板長として、母屋ではおしどり夫婦の夫として長年やってこられたのだ。

だが、その辰夫も、母屋の奥の座敷で佳乃と向かい合うと、何も言えなくなった。

先だって、佳乃がその志乃の着物を着て、配膳室に姿を見せた時、「ああして現れると、

まるで志乃がそこにいるように思えた」そう後で奈緒子に話し、辰夫も志乃に似ていると思わずにはいられなかったようだ。

その佳乃が、志乃が座っていた席で、志乃が使っていた茶道具で、茶を点てている。

「どうぞ」と茶碗を差し出され、一口飲むと、もういけない。

「何や、志乃を前にしているようで……」

つまりは、肝心なことは何も言えず、それどころか、佳乃に誘われるがまま、次のチェンバロの演奏会に出席することにまでなったのだ。

「お義父さん……」

「いや、すまん、この役目は、ワシには無理や」

辰夫は、奈緒子に申し訳なさそうに両手を合わせて辞退した。

かぐらやのご意見番の村田も、やはり当てには出来なかった。

先日、自宅でのお花の稽古の時に、佳乃のチェンバロの音が、庭から聞こえてきたらしい。初めて耳にする弟子たちに、「先生、あれは？」と聞かれ、佳乃に押し切られて思わず離れを貸し、その練習をも認めたとは言えなかったようだ。

そこで、もっともらしく、「知らないのかね？　今流行りのチェンバロだよ。今、あの音色をイメージした生け花を考えているところだ。きみたちも、よく勉強したまえ」と、とっさに言い繕ったところ、「日本の伝統である生け花と、ヨーロッパの音楽文化であるチェンバロ。その二つの融合を創作で表現なさろうとするなんて……」弟子たちは師の言葉に感激したという。

「こうなったら仕方ない。もう、佳乃さんの気のすむようにしてもらうまでだ」

さすがに佳乃の僕になることはなかったが、佳乃のすることは、すべて見て見ぬふりをすると決め込んだようだ。

喉越し良く大根を食べ終わると、奈緒子は、顔を引き締めた。

「もうそれしかないと思うの」

「けど、宿代はちゃんと払ってくれてるんだろ？」

「それは、そうだけど……」

佳乃は亡くなった夫の遺産があり、フランスのオーベルジュの方からも、毎月、売り上げからの振り込みがあるので、支払いはきちんとしてくれている。

「だったら、いいお客様じゃないか？」

「あのね、あたしが、言いたいのはそんなことじゃなくて」

大女将然も困るが、その先の姑になられてはもっと困る。このままではなし崩しに、本当にそうなりそうではないか。

「絶対、実家に戻ってもらわなきゃ……！」

「その実家だけど、そのつもりがないから、うちにも何の連絡もしてこないんじゃないのか？　本家の柿沼にも、佳乃さんが日本に戻っていて、かぐらやにいることぐらいは伝わっているはずだろ？」

宗佑は、先ほどから鍋の底を箸でかき回して、大根を探しているようだが、奈緒子が食べたのが最後のようで、もう箸にはあたってこない。残念そうに、いったん箸を引っ込めた。

「だとは思うんだけど……いまだに、あの時のしこりがあるのよ、きっと」

四十年前、佳乃が家出同然に日本を飛び出しフランスへ行き、勝手にフランス人の男性と結婚したことへのわだかまりが、今も尾を引いているに違いない。

「だから、そのもつれた糸をほどいてもらいに行こうと思ってるの」

「そう、うまくいくかどうか……お、これが残ってた」

もう一度、箸を鍋に入れると、車麩を取り上げた。たっぷりと出汁がしみ込んで、はちきれんばかりにふっくらとしている。それをご飯の上に載せると、「これは、卵がいるな」と立ち上がり台所に行く。

どうも先ほどから、ちゃんと人の話を聞いているようには見えない。

旅館のことは、自分には関係がなく、佳乃のことも直接は何のとばっちりもこないので、佳乃がいてもいなくても、どちらでもいいと思っているようだ。

「やっぱり、〆《しめ》はこれだな」

卵を割ると、黄身の部分だけを車麩にかけ、ついでのように言った。

「オレはいつも思うんだけど、ほんと、奈緒子っておせっかいだよな。佳乃さんと実家のことは、うちとは関係ないことだろ？　佳乃さんのことも、いいお客様だ、そのうえ、旅館の手伝いもしてくれるなんて、こんな最高なお客様はいない。そう思えばいいだけの話じゃないか？　それに、母さんも口をすっぱくしていつも言ってただろ？　奈緒子が首を突っ込むと、ろくなことはないって。そこは、ちゃんと気をつけないとな、勝手な行動は慎むべしだよ」

今までの奈緒子の話をろくに聞いてないどころか、まるで他人事のような口ぶりで、説教をしてきた。今回は、そのおせっかいだとしても、奈緒子自身のためでもあるというのに。

身を乗り出すと、ちゃぶ台越しに向かいの宗佑の茶碗を取り上げた。

「あ……」

宗佑が、素《す》っ頓狂《とんきょう》な声を出す。

ここは言ってやらないと気が済まない。

「あのね、今まで散々、妻のあたしに苦労をかけてきたこと、わかってるの？　なのに、そのあたしが大変な時に、こっちが大事？」

睨みつけると、箸を片手に茶碗をグイグイとかき回し、十分混ぜると、一気に口にかき込んだ。たまごが混じった甘辛いたれと、おかゆのようになったご飯粒が臓腑《ぞうふ》に染み渡る。

「ああ！　オレの、〆が……最後の楽しみが……」

悲鳴のような宗佑の声が聞こえる。

もし、おせっかいだとしても、百も承知の上だ。

今、何とかしておかないととんでもないことになる。

二

その日、奈緒子は柿沼に行く前に、まずは、奥能登の穴水《あなみず》に向かった。

乗り換えの七尾駅までは、金沢から一時間半、特急に乗れば一時間もかからずに着く。そこから、のと鉄道に乗り換えた。

穴水は奥能登の玄関口でもある。

能登の里山里海は、昔からの日本の農山漁村の原風景が今でも残っているところで、海に面した急斜面に広がる「白米千枚田《しろよねせんまいだ》」や、唯一能登にのみ残る「揚《あ》げ浜式《はましき》」と呼ばれる塩づくりなど、世界的な農業遺産にも指定されている。

そんな能登の穴水で祖父の椎茸栽培を手伝っているのが優香《ゆうか》である。

優香は、この年の夏の終わりまで、かぐらやで仲居として働いていた。翔太の小学校時代の特別な同級生で、十年ぶりに再会した二人は、お互いを忘れずにいたようで、翔太は結婚を前提につきあってほしいと告げた。

優香の方も、もちろん翔太のことがずっと好きでいたので、すぐにでも返事をしたかっただろう。だが、いずれ翔太がかぐらやを継ぐことになっており、そうなれば、優香は、かぐらやの若女将となる。その重責を考えると、なかなか決心がつかないところへ、「私、神楽くんの彼女です」と東京から彩がやって来た。

彩と優香、翔太の三角関係が始まったのだ。

三角関係といっても、優香と翔太は相思相愛で、彩は、勝手に彼女と言っただけで、彩の片思いである。

そんな優香と彩に、奈緒子は女将の素質ありとし、女将修業をしてもらった。自信家でいつも顔を上げ、ハキハキと受け答えし接客する彩と比べると、何事につけても恥ずかしそうに小首を傾《かし》げて、控えめにお客様のお世話をしていたのが優香である。

だが、そんな優香のもてなす、「足湯のもてなし」の評判が良くなり、優香を指名するお客様も出てきた。おもてなしに自信をつけてきたところだった。

そんな折、両親が亡くなったあと、優香を育ててくれた祖父の万吉《まんきち》が脳梗塞で倒れ、その世話をするため、優香は実家のある能登に戻って行ったのだ。

その優香が、祖父が作る椎茸を能登から送ってくれたことで出来上がったのが、かぐらやの朝食となったアンヘレスである。

翔太の作るアンヘレスに、その椎茸の出汁を混ぜ合わせることによって、辰夫が「よし！」と唸《うな》るほどの、美味しい味付けとなったのだ。いわば、翔太と優香、二人で作り上げたアンヘレスともいえる。


「女将さん。ご無沙汰しています」

穴水の駅につくと、その優香が待っていてくれた。

相変わらず、おでこを出して、髪を後ろで束ねている。愛らしい顔立ちの小顔の優香によく似合う髪型だ。

服装は、旅館でいつも見ていた仲居の着物姿ではなく、動きやすそうな薄桃色のスラックスの上に、薄手のベージュのダウンを着込んでいる。

この辺りは、すでに冬の気配が立ち込めているようで、奈緒子も改札を出ると、準備してきたこげ茶色のパーカーを上に羽織ったところだ。

「すみません、こんな仕事用の車で」

出荷する椎茸を運んでいる小型の軽トラックの助手席に奈緒子を乗せて走りだす。

辺りは、能登の山々である。田や畑の間に、民家がポツリポツリとあるくらいで、所々雑木林などもある。

「ニホンザルやカモシカもいて、いきなり道路に飛び出してきたりするので、運転には気をつけないといけないんです」

そう話しながら、慣れた手つきでハンドルを操作している。

元気そうでよかった。

奈緒子も女将修業途中でかぐらやを去った優香のことは気になっていて、一度、訪ねたいと思っていたのだ。

今回の奈緒子の能登行きは、優香の祖父の経営する農園の椎茸を、今後、定期的にかぐらやに出荷してもらうようにお願いし、契約するためである。

そのついでにと言っては何だが、本家柿沼を訪ね、大女将のヨネに会う段取りもつけた。

だが、このことは、宗佑以外には誰にも言ってはいない。房子などにわかると、何を佳乃に告げ口されるかわかったものではないからだ。

椎茸農園では、優香の祖父の万吉が出迎えてくれた。

体だけは丈夫で風邪なども引いたことがないのが自慢だったそうだが、「脳梗塞で倒れた時は、もうこれで終わりか」と思ったらしい。だが、優香がそんな万吉の世話をしたお陰で、日常生活には何の問題もないところまで回復したそうだ。

「足のツボは、体中とつながってるいうて、毎日、マッサージしてくれましたんや」

嬉しそうに奈緒子に話してくれた。

「これからは、私を育ててくれた祖父のために足湯で毎日もてなしたいんです」

優香は、能登に帰る理由をそう奈緒子に告げた。その思いを知り、奈緒子も引き留めることを諦めたのである。

その時、翔太のプロポーズも優香はいったん断っている。だが翔太は、優香の祖父の症状がよくなったら、また戻ってくるのではと期待していて、「オレ、優香との結婚、諦めてはいませんから」と、優香に会いに行く奈緒子に、わざわざそう告げに来た。

ゆくゆくは自分と結婚し、若女将としてこれからのかぐらやを共に背負ってもらいたいと今でも願っているのだ。

万吉の案内で、奈緒子は敷地内にある椎茸を栽培している小屋を見せてもらった。

一メートルほどに切ったクヌギの木が交互に重ね合わせられ、棒積みされ並べられている。

この木に椎茸の菌を付けるそうだ。

奈緒子の肩程までもあるその棒積みされた木々は、療養中の祖父に代わって、優香が一本一本、積み重ねたらしく、「お陰で、腕も太くなりました」と、その腕を曲げ、力瘤《ちからこぶ》を見せるように突き出し、笑顔を向ける。

「かぐらやさんから帰って来てから、何やら、明るくなりましたわ」

優香が能登へ戻ったあと、万吉からは丁寧な手紙が届いた。そこには、優香が世話になったことのお礼と、いつかまた、かぐらやで仲居として働かせてやって欲しいという旨が書き添えられていた。

孫のこれからを考えると、自分と一緒に奥能登で椎茸栽培をするよりは、そちらの方がいいと思っているようだ。けれど、優香はそうでもなさそうだ。

「奥能登の寒さが、椎茸を美味しくするんです」

その寒さが椎茸の成長を遅くし、旨味を凝縮させるのだという。

「こんな大きな椎茸もできるんですよ」

そう言い見せてくれたのは、今朝採ったばかりの八センチ以上はあるかと思われる椎茸である。のとてまり、と呼ばれて評判だそうだ。

「祖父と一緒にこんな椎茸をもっと作って、たくさんの人たちに、この能登の美味しい食材を味わってもらいたいんです」

そう話す優香の顔は生き生きとしている。

「頑張ってね。私も応援するから」

そんな優香の力になりたい。もちろん奈緒子はそう思っている。

だが、翔太に何と報告すればいいのか。気落ちする翔太の顔が目に浮かぶ。

三

優香と別れたあと、奈緒子は七尾駅まで戻り、その一つ先の駅である和倉温泉駅に降り立った。そして今、柿沼に向かっているところである。

するとこちらでも、久しぶりの顔が出迎えてくれた。

「奈緒子さん！」

海岸沿いの歩道の向こうから、着物を着た一人の女性が、袂《たもと》を片手で押さえながら、もう片方の手を嬉しそうに大きく振っている。

「咲子《さきこ》さん、しばらく」

奈緒子も笑顔で手を振り返すと、歩を速めた。

咲子は、二十代の頃、まだ志乃が健在の時に、かぐらやで仲居をしており、去年、その志乃が亡くなった時も、すぐさま駆けつけてくれ、まるで神楽家の身内のようにあれこれと通夜や葬儀の手伝いをしてくれたのだ。

その咲子だが、今は本家柿沼の若女将である。

咲子がかぐらやで働いていた時、柿沼の長男の息子である俊平《しゅんぺい》が支配人見習いとしてやって来た。

俊平は「ぼんち」である。この地では、その家の長男のことを親しみを込めてそう呼ぶ。

そのぼんちについて、世話係として、同じくかぐらやにやって来たのが増岡である。

俊平は、かぐらやでも「ぼんち」と増岡に呼ばれ、最初、少し威張ったような態度をとっていたが、それは本家の息子としてなめられてはいけないとの空威張りであったようで、根は素直で優しい青年であった。少々とんちんかんなところもある。

それで、時々失敗をやらかしては、お客様からお叱りを受けることも多々あり、その度に、咲子が「俊平さん、どんまい！」と明るい笑顔で励ましていたのだ。

その笑顔に、俊平が惚れ込んだ。不器用ながらも猛アタックを繰り返した結果、二人は恋仲となった。そして、ここでも奈緒子のおせっかいの甲斐があり、無事、結婚の運びとなったのだ。

そんな経緯もあり、咲子は、奈緒子を姉のように慕ってくれ、事あるごとに、近況報告を兼ね連絡をしてきてくれるのだが、今回の佳乃のことに関しては何も言ってこない。

それが、奈緒子にとっても気がかりなことであった。

「元気そうでよかった」

「はい。奈緒子さんも」

俊平が惚れ込んだ、以前と変わらぬ明るい笑顔を向ける。奈緒子と同じくらいの肩までの長さの髪をサイドで結い上げ、溌剌《はつらつ》とした眼差しだ。

だが、雰囲気はあの頃とは少し違う。

咲子が着ている着物は、橙色に近い赤茶の色合いで、その膝元には、実った稲からこぼれた実をついばんでいるスズメが何羽も描かれている。スズメは、繁栄や豊作の象徴でもあり、吉祥《きっしょう》の絵柄だ。そんな若女将らしい友禅がよく似合うようになっていた。

と、その咲子が「何か、ややこしいことになっているみたいですよ」と囁き眉を寄せた。

まずは、本家にうかがう前に、今の柿沼の状況を咲子に聞くことにし、海岸から少し離れた町中の近くの喫茶店に入った。

ここは、かつて咲子とも来たことのあるお店で、その時、咲子は軽食のサンドイッチさえ喉を通らず、泣きそうな顔で奈緒子の前に座っていた。

俊平から「咲子さんと結婚したい」と告げられた柿沼が、本家跡取りの俊平の嫁として、ふさわしいかどうか見定めるため、咲子を呼び出したのだ。それで、一人では心もとないと、奈緒子も一緒について行くこととなり、二人で能登までやって来た。

だが、柿沼の門の前で咲子の足がすくんだ。それで引き返して、この店に入ったのだ。

「私、自信がないんです……」

ちょうど、今座っている同じ窓際の席で、咲子は震える声で奈緒子に本心をもらした。

咲子は、普通の会社員の家庭に育った娘さんである。

優香もそうだが、二人とも旅館に生まれ育った娘とは違う。そんな優香や咲子が、代々旅館を営み、おもてなしを生業《なりわい》とする家に嫁ぐのはとても勇気がいることだ。

そんな咲子の気持ちを知り、奈緒子が連れて行ったのは、一駅戻った七尾の一本杉通りであった。

一本杉通りは、六百年以上の歴史を持つ街道で、その昔、奥能登へ向かう道筋にあった大きな杉の木が「出会いの一本杉」ともいわれたことからその名がついたようだ。

その通りの商店街に、奈緒子が懇意にしているお醤油屋さんがあり、そこにある「花嫁のれん」を咲子に見てもらったのだ。

「花嫁のれん」とは、この土地に古くからある風習で、花嫁が婚家に嫁ぐ時、その嫁ぎ先の仏間の入り口にかける暖簾のことである。その暖簾を潜り、「どうぞ、よろしくお願いします」とその家の嫁になったことを仏壇に報告し、ご先祖様に手を合わせるのだ。

「花嫁のれん」の色や柄はさまざまだが、おめでたいことの兆《きざ》しである瑞祥《ずいしょう》や、吉祥の花模様が描かれているものが多い。

この醬油屋にある「花嫁のれん」もそうで、赤と白で色を織りなした祝いのくす玉の周りを蝶々が飛び、その左右に梅、桔梗、菊などが描かれたとても色鮮やかで、美しい暖簾である。

奈緒子の急な頼みにもかかわらず、店主はすでに仏間にその暖簾を飾って待っていてくれた。その暖簾を奈緒子は咲子と二人して見上げた。

「花嫁のれんのことは聞いたことがあります」

咲子は、同じ北陸出身でも福井の生まれである。だが、耳にしたことはあるらしかった。

咲子のような若い年代の女性からすると、その家の嫁になるだのなんだのは、奈緒子以上にそれこそ時代錯誤もはなはだしいと思うかもしれない。

だが、その風習が今でも残っているのが、この地である。そして、奈緒子が咲子に伝えたかったことは、別にあった。

「咲子さん、私ね、『花嫁のれん』って、覚悟の暖簾だって思ってるの」

「覚悟の暖簾？」

「そう。今までの人生に感謝して、これから新しい人生を生きていく、一つの大事な区切りを覚悟する暖簾」

　奈緒子の花嫁のれんは志乃が作ってくれた。

　こちらも、赤と白の布の下地に吉祥の牡丹、梅、竹、あやめなどの花々が花車に載せられ色鮮やかに染め上げられている見事な加賀友禅でできた花嫁のれんである。

　このれんを潜った日のことを奈緒子は忘れたことはない。

　志乃は、東京から来たえんじょもんの奈緒子を神楽家の嫁としてなかなか認めようとはしなかった。その志乃がようやく嫁として、奈緒子を迎え入れてくれた日でもあった。

　そして、奈緒子には、その暖簾を潜る時に、そんな嫁としての覚悟とは他に、もう一つの覚悟があった。

　それは、かぐらやの女将になるという覚悟である。

「今は、まだ不安があってもいいの。ンンン、不安がある方が当然よ。でもね、この『花嫁のれん』を潜る日が来た時に、その覚悟が出来るかどうか……俊平さんと二人で、妻として、嫁として、そして老舗旅館の女将として、新しい人生を踏み出す勇気があるかどうか。咲子さん、それを決めるのは、あなたよ」

「私が決める……」

「そうよ。新たな次の人生の第一歩を踏み出せるかどうか。自分の人生を自分で決めるの。その覚悟の暖簾が、咲子さんが潜る花嫁のれんになるはず……」

咲子が今一度、目の前の花嫁のれんを見上げた。

「覚悟の花嫁のれん……」

嚙《か》みしめるようにそう呟くと、じっと見上げていた顎を引き、頷いた。

今、奈緒子の前には、その覚悟を決め、柿沼の若女将として懸命に務めている咲子がいる。苦労も多いようだが、「一つ一つ、勉強だと受け止め、前向きに乗り越えてます」と何事も良いようにとらえる奈緒子譲りの楽天さでそう話してくれている。

奈緒子は、軽めの昼食を済ませると、紅茶を飲みながらつきあってくれていた咲子に、単刀直入に聞いた。

「今の佳乃さんとご実家のわだかまりは、佳乃さんが大反対されたのを押し切って、家出同然にフランスに行き、勝手に結婚したことだと聞いているんだけど、そうなの？」

咲子には、ここに来る前に、かぐらやに滞在している佳乃の様子をそれとなく伝えておいた。

「すみません……奈緒子さんにもご迷惑をおかけしているようで……」

咲子も女将としての奈緒子の立場をわかっているようで、柿沼の身内として、申し訳なさそうだ。

「柿沼も、佳乃さんがかぐらやさんにいらっしゃることは皆さん知ってます。けれど、そのことを誰も話題にも出来なくて……」

他言無用と佳乃のことは固く口止めされているらしい。

「柿沼を継いだ、大女将のご長男が佳乃さんの弟さんで、俊平さんのお父様よね？」

「はい、そうです。旅館の方は、お義父さんが総支配人として、お義母さんが女将として柿沼を取りまとめているのですが、実際は……すべて、大女将である俊平さんのお婆さまに権限があるようなんです」

大女将とは、ヨネのことである。

「佳乃さんのことは、その大女将が、娘の佳乃さんを勘当したことが原因です」

ヨネの夫である佳乃の父親は、佳乃が家を出る前にすでに亡くなっていて、今は母親のヨネだけだ。

その母から娘への絶縁状である。

「それで、柿沼だけではなく、分家である親戚筋でも、大女将の手前、佳乃さんのことは誰も話さなくなっているようで……」

志乃さえも、ヨネをおもんぱかったのだろう。その存在を奈緒子には告げていなかった。

「今でも、大女将は、娘はいなかったものとしています。つまりは、佳乃さんは、この世にいないんです」

「え？」

もう四十年も昔の出来事である。

当の佳乃もすでに、還暦を越えており、その結婚相手であったフランス人の夫ももう亡くなっているというのに。

「柿沼では、四十年であろうが何であろうが、まだ現在進行中なんです」

珠洲焼が、今でも旅館の中に飾られているのが柿沼である。平安の時代からの時が流れているこの本家では、四十年前のことも、つい先だってのことなのかもしれない。

「奈緒子さん、私も知っているのは、ここまでです。俊平さんのご両親も、それ以上は口をつぐんでしまって……きっと、大女将の逆鱗《げきりん》に触れるのが恐ろしいのだと思います」

齢《よわい》九十を前にしているヨネは、今でも一族の頂点に立ち、絶対的な権力を持って本家の大女将として君臨しているようだ。

だが、奈緒子には、そうは思えないところもある。

あの日、七尾の一本杉通りで「花嫁のれん」を見たあと、迷いがふっ切れた咲子は、もう一度、柿沼までやって来て門を潜り、俊平の両親と、そしてヨネと面会した。

奈緒子もその席に立ち会っていたが、ヨネは、「咲子さんが、柿沼での女将修業を無事終えることが出来たら、二人の結婚を認めましょう」とその場で言ってくれた。

ヨネがそう言うなら、俊平の両親も、もう何も文句はない。

俊平の母親の道代も加賀温泉郷の旅館の娘である。なので、咲子が旅館の娘でないことでヨネが反対するのではと、それが二人の結婚を渋っていた両親の一番の理由だった。

だが、ヨネはその目で咲子を見て、その人柄を気に入ってくれた。

だから、今回のことも、周りが大仰にヨネに忖度《そんたく》しているだけで、直接話したら何とかなるのではと、奈緒子は、そう考えていたのだ。

四

「奈緒子さん、どうぞ」

先に門を潜った咲子が振り向き、奈緒子に声をかける。

門を支えている重量感のある黒い二本の太い柱には、そのどちらにも「柿沼」と力強い筆で書かれた額が飾られている。かぐらやの門構えが、慎ましく質素で鄙《ひな》びた趣を感じさせるのとは対照的だ。

今にして思えば、この門の中へ、当時、かぐらやの仲居だった咲子が足を踏み込めなかったのが、よくわかる。奈緒子も、今回は気合を入れて門を潜る。

柿沼は、元は豪商の屋敷だったのを旅籠《はたご》にしたのが始まりだ。

かつて、日本海に面したこの地では、北前船《きたまえぶね》で繁栄し巨万の富を築いた船主たちが大庄屋となった。柿沼の家系は、その大庄屋の流れである。

今の旅館は、その先祖が金に糸目をつけずに建てた広大な屋敷を元としている。

だが、絢爛豪華《けんらんごうか》というわけではなく、禅寺から移築してきたものもあり、重厚で荘厳な雰囲気が漂う。

部屋数は、四十室。四千坪の土地に旅館、そして日本庭園が広がり、平屋作りの客室は、そのすべての部屋から、庭にあるその見事な日本庭園が見渡せる。池の周りには灯籠、橋も架かっており、色鮮やかな錦鯉が泳いでいる。

玄関に入ると、すぐその奥には、囲炉裏《いろり》部屋があり、くべられた炭の火がパチパチはねていた。このぬくもりが、北陸の半島である能登を訪れた客をまずはもてなしてくれる。

「良き思い出は、心の宝。その宝をつくっていただくことこそ、おもてなしの心」

これが、かぐらやの女将のおもてなしの志であるとすれば、この本家の志は、「ふれあう心と心が響き合う。一夜の宿は、一期《いちご》一会《いちえ》」訪れて下さったお客様の心に寄り添い、お客様ともてなす側の人生と人生が出会う、そんな旅の宿。それが柿沼である。

奈緒子が来たと知り、奥から俊平も出て来た。

「奈緒子さん、ようこそ、お越しくださいました。お待ちしておりました」

かぐらやで支配人見習いをしていた頃と同じ、スーツに蝶ネクタイ姿で出迎えてくれた。スラッとした細身の長身で人の好い柔和な細い目の端を下げている。まるで観光に訪れた宿泊客をもてなすような満面の笑顔だ。

咲子が「俊平さん……」と小声でたしなめた。

「あ……すいません……」

俊平が慌てて口元を引き締める。

奈緒子がどういう理由でここへ来たか、思い出したのだろう。しまったという顔になったが、咲子が小声で「どんまい」と囁き微笑む。妻としても、あの時の言葉通り、咲子は夫を支え励ましているようだ。

奈緒子は客室を借り、洋服から着物に着替えた。

ヨネは、もうすぐ卒寿を迎える。

その祝いの色である紫の友禅を用意してきた。絵柄は、こちらも長寿のお祝いの白翁を背に乗せた亀である。

ヨネの待つ奥の座敷へと俊平に案内される。

磨き込まれた年季の入った黒光りする床が延々と続く。すでにお泊りだったお客様の出立が終わったのだろう。物音一つ聞こえない。さすがに緊張感が増してくる。

と、先を行く俊平が、小声で話しかけてきた。

「僕は、佳乃さんに会ったことはなくて……」

俊平は確か、今、三十を少し過ぎたところなので、四十年も前に実家を飛び出した佳乃とは、面識がないのも当然だ。

「でも、一度だけ、チラッと父親から聞いたことがあるんです」

そこで、辺りを見回し、誰も周りにいないことを確かめると、

「勝手に家を飛び出した娘には二度と敷居を跨《また》がすことならず。今日、この日から、もう親でも子でもないと……佳乃さんが、出て行った後、大女将が一同に言い渡したそうです。大女将は、娘はいなかったものとしています。つまりは、佳乃さんは、この世にいないんですよ」

訳知り顔で、これで納得しましたかというように頷いた。奈緒子は、そのことはすでに咲子から聞いていたが、俊平があまりに真面目顔で言うので、黙って頷き返した。

俊平は、それで奈緒子も了承したとし、「だから、もうどうしようもないのです。いつものように、奈緒子さんがおせっかいを焼こうとしても……」さも無駄な努力だというように小さく溜息をついたあと、気になることを口にした。

「こんなことで、もしも、かぐらやに災難が降りかかったら、それこそ大変なことに……」

「え？」

「あ、いえ……何でも……」

誤魔化すように微笑むと、また先を歩きだす。

何か引っかかったが、その時はそれより、ヨネに会うことが先決とそのまま聞かずにおいた。

もう少し、この言葉の意味をちゃんと聞いておけばよかったのだ。

「本家柿沼大女将のヨネ様におかれましては、ご健在でお変わりなく、去年はかぐらや大女将である姑、志乃の葬儀にご参列下さいまして、誠にありがとうございました」

志乃の葬儀の時の礼は、すでに手紙で伝えていたのだが、こうして会うのは、その後、初めてである。奈緒子は気を引き締めながらも、いつもの笑顔でまずは挨拶した。

「ほんまに、あんたも大変やったやろ。大女将の志乃さんが、あんな急に亡くなるやなんてな。まだまだ私に比べたら、うんと若かったのに」

ヨネからしたら、傘寿《そつじゅ》を過ぎた志乃も若い部類に入るのだろう。

今日も、座布団の上にチョコンと座り、加賀八幡起き上がりこぼしのような穏やかな笑みを浮かべている。そうしていると顔に刻まれた皺までも徳を積んだ善女《ぜんにょ》の証に見え、思わず手を合わせたくなるくらいだ。

旅館でお客様に接する時も、ヨネはこの笑顔なのだろう。

「常連のお客様のお孫さんからは、『柿沼のおばあちゃん』と親しまれて、一緒に、昔遊びのお手玉やおはじきをして、楽しそうに遊んでいるんですよ」と咲子は言っていた。

柿沼の若女将としての教育は、女将である俊平の母親の道代が任されているらしく、咲子は、直接、ヨネから教えられたりすることはないようだ。一緒にいる時は、孫の嫁として咲子のことを可愛がり、気づかってもくれるという。

「だから、私も、皆さんがどうしてそこまで恐れるのかと思っているのですが……」

だが、直にヨネから、その教育という名の指導を受けると違うのであろう。

「失礼します」

道代が茶を運んで来た。志乃と同じくらいの年であり、ヨネ直々の女将教育を受けた一人である。

すでに大女将となってもいいのだが、ヨネが健在なので、今でも柿沼の女将として務めている。

その道代だが、やはり、まだ上に大女将がいることで遠慮があるのだろう。分家から、何か話があっても、「大女将に伝えます」と言って自分の意見は口にしない。奈緒子が新たなかぐらや作りを進めていると話した時も、「伝えます」と言ったきりだった。

道代は、まずは奈緒子の前に茶を置くと、

「今日は、主人がお会いできず、残念がっておりました」と詫びた。

支配人である健吾は地域の振興会の会合があるらしく出かけているとのことだ。そして、ヨネの前に茶を置き、礼儀正しく辞儀をした。

何か、おかしい。あまりにも、ちゃんとし過ぎている。

奈緒子も、大女将であり姑であった志乃に茶を出していたが、公の場ではない限り、ここまできちんと辞儀はしない。

ヨネが声をかけた。

「道代さん」

「はい？　なんでしょうか、大女将」

やはり、おかしい。答える声がどことなしか緊張している。

俊平と咲子は、近くに住まいを借りて、二人でくらしているが、俊平の両親は、敷地内の離れの住居でヨネと一緒にくらしているはずである。毎日、旅館でも母屋でも、もう何十年も一緒にいるはずなのだが……。

そう言えば、志乃もそうであった。志乃もいつもヨネを前に緊張していた。志乃が初めて女将修業をしたのも、柿沼のこのヨネの元であり、ヨネ自らに、おもてなしの心を教わったと聞いている。

二人とも、よほど厳しく指導を受けたのかもしれない。奈緒子もそこまでは想像ができていたのだ。

ヨネは優し気に聞いた。

「あんたも、同席しはりますか」

だが、道代は、「めっそうもございません。私は、これで……」そう言うと落ち着いたふうを装っていたが、どことなくそそくさと出て行った。

今回の奈緒子の訪問の目的を、咲子と俊平から聞いていて、よほど関わりたくないのかもしれない。

ヨネが「どうぞ」と奈緒子に茶をすすめ、自分も手に取るとズズッとすする。

「最近、何や、かぐらやさんは、いろいろと新しいことを試しておるそうですな」

電話で奈緒子が道代に伝えたことは、ちゃんとヨネの耳には入っていたようだ。

「はい、新たなかぐらや作りに取り組んでいます」

「そらよろし。けど、ほどほどにな」

何かを含んだように聞こえたが、ヨネを見るとあの穏やかな笑みである。気にせず、奈緒子も茶をすすった。

そして、もう一度、互いに茶をすすり合ったところで、奈緒子は湯呑を置き、本題を切り出した。

「あの、それで、今日は、大女将にお話があってまいりました」

「はい、何でしょう」

「実は……」

小さく息を吸うと、思い切って名前を口に出した。

「佳乃さんが、今、かぐらやにいらっしゃっています」

ヨネは黙っている。

そこでもう一度、「あの、佳乃さんが、うちに……」と言いかけると、

「誰のことです？　知りませんな」

言葉通り、知らん顔である。

「あの、大女将の娘さんの……」

もう一度、言ってみたが、

「私に娘はおりませんさかい」

ヨネが湯呑を置いた。

ここでやめておけば、よかったのだ。

人には、立ち入られたくないことがある。そこに立ち入ることが、世に言うおせっかいなことであり、そして、そのおせっかいなことをすると、よくも悪くも、自分に跳ね返ってくる。

奈緒子も今までの経験でそれはわかっていた。だが、そこが奈緒子の人よりもおせっかいなところである。

もうひと押しのつもりで、話し続けてしまったのだ。

「柿沼のご実家と佳乃さんとの間で、いざこざがあったとは聞いています。けれど、もう随分と昔の話ですし……出過ぎたことだと重々わかっておりますが、そろそろ、お許しになられてもと……大女将が、許すと一言いえば、すべては丸くおさまるかと……もしよろしければ、一度、娘の佳乃さんと会われてみるのもいいのではとも……そのことをお話ししたく、この度は、こちらへと……」

言葉を選んで丁寧に言ったつもりだった。だが、丁寧かどうかなど関係がなかった。

「誰に向かってものを言うておりますのや」

顔はまだ笑っているが、ヨネの声は、先ほどまでとは違った。

「え……」

次の瞬間である。

「分家の分際で、本家に物申すとは、何事か！」

一喝《いっかつ》とはこのことである。

ヨネの顔が一変した。

加賀八幡起き上がりこぼしのお人形が、額に皺を寄せ、半眼《はんがん》で見据える、喩《たと》えるなら不動明王の形相《ぎょうそう》となったのだ。

「私は、本家柿沼の大女将！　その大女将が娘はこの世におらんと言うとるのや！　おったとしても、私が生きてるうちは会うつもりはない！」

啞然としたのは言うまでもない。

思わず身が引けて、尻餅ならぬ、腰が砕けたようになり、背中から畳にひっくり返りそうになった。
目を見開き、ヨネを見上げる。
見下ろすヨネと目が合う。
「あの……」
何か言いたいが、もう言葉にならない。
これが、あの志乃さえも恐れさせた、本家柿沼の大女将の迫力と威厳なのだ。

第五章　老舗破門

一

その日、出立のお客様をお見送りし、仲居たちが掃除し整えた部屋を見て回った後、奈緒子は外出した。

浅野川に架かる梅の橋を向こうに渡っていると、ひがし茶屋街が近くにあることもあり、案内図を広げた観光客の人たちが、楽しそうに行き来している。さて、次はどこを見て回ろうかと、金沢を満喫されている様子だ。

そんな中を、急いでいるわけでもないのに、自然と足が小走りになる。老舗旅館の女将なのだから、もっとゆったり構えなければいけないとわかっていても、どうもせっかちなところは以前のままだ。

ふと、川上を見上げると、遠くの岸辺には枯尾花と呼ばれる枯れたススキが見え、少し肌寒そうな景色である。立冬《りっとう》をとうに過ぎ、この金沢にもいよいよ冬が訪れようとしている。

先日漬け込んだ寒鰤のかぶら寿司が、とても美味しく出来たので、奈緒子は今からそれを村田の家まで届けるところだ。佳乃は相変わらず、一日と空けず、村田の屋敷の離れに置いてあるチェンバロを弾きに、通っている。そのお礼も兼ねてである。

そして……。

気が重いが、能登の本家での出来事も耳に入れておかなければならない。

村田は、かぐらやのご意見番。もしも、あの一件で今後、かぐらやに何か事が起こったとしたら、真っ先に相談しなくてはいけない。

「だから、言っただろ？　いくら親戚だといっても、他所の家のことには口を出すなって。しかも、こっちは暖簾分けしてもらった分家、あっちは、その暖簾を分けてくれた本家なんだぞ？」

「わかってる、そこは、よおくわかってるの」

そのことは、誰よりもわかっていた。

けど、まさか、あんなことになろうとは……。

奈緒子は這《ほ》う這《ほ》うの体《てい》で、あの日、金沢まで帰って来ると、その足で、まずは宗佑の店に立ち寄り、柿沼であったことをすべて話した。

ヨネが奈緒子を残して座敷を退出した後、咲子と俊平が慌ててやって来てくれた。二人して、心配で廊下からこっそり中の様子をうかがっていたらしい。

「奈緒子さん、大丈夫ですか？」

咲子は、座敷に入って来ると、まだ立ち上がれないままの奈緒子の体を引き上げ、帯を緩めてくれ、俊平は、その様子に慌てて引き返し、急ぎ水の入ったコップを持ってきた。

「だから、もうどうしようもないと言ったじゃないですか？　なのに、佳乃さんのことを口にするなんて」

「けれど、あの迫力は……」

咲子も驚いたように付け足した。俊平と結婚して、もう数年は経っているが、咲子もヨネの一喝を聞いたのは初めてらしい。それは言い換えると、その何年もの間、誰もがヨネを恐れ、余計なことは口にせず控えていたということだ。

——なのに。

奈緒子は、そのヨネの逆鱗《げきりん》に触れてしまったのだ。

逆鱗とは、龍の顎の下に逆さに生えた鱗で、それに触れると龍が怒って襲いかかるという恐ろしい昔の中国の故事である。

やはり、まだまだ人を見る目が甘かった。

本家の大女将として、半世紀以上も柿沼を守り支え、この地の分家を束ねてきたヨネである。そのヨネを、もうそろそろ隠居間近の人の好いおばあさんと心のどこかで思っていたのかもしれない。

――そやから、いつも言っていたように、あんたはそそっかしいんです。

――物事を見る目もそうやけど、人様を見る目も、じっくりと腰を据えて、そのお人の本質を見極めなアカンというのに。まだまだ精進が足りん証拠や。

そんな志乃の叱責がまさに聞こえてきそうだった。

入口横の弁当を受け渡しする出窓の向こうには、持ち帰りの弁当を待っているお客様が二、三人並んでいるのが見える。目の前の厨房に立っている宗佑は、その弁当におかずを詰め込む手を忙しく動かしながら、「もう佳乃さんのことには関わるなよ。ほんとにほんと、おせっかいが過ぎるんだよ。何度も言うように、これは佳乃さんと母親である柿沼の大女将の問題で、奈緒子とは何の関係もないことなんだから」と、またまた呆れた口ぶりだ。

咲子からも同じことを言われていた。

「今回のことで、何か起こりそうな時は、私の方から連絡します。だから、奈緒子さんは、もう何もせずにいて下さい」

だが、そのあと咲子からは何の連絡もない。

「まだ？」と一番前の客が出窓から顔を覗かせた。観光客のようで大きなバッグを肩から掛けている。新幹線の時間があり、このお弁当を帰りの車中で食べるのかもしれない。

「すいません、ただいま！」

宗佑が、愛想よく返事しながら、詰め終わったお弁当を手早く包む。

「けど、久しぶりだな、奈緒子のそういう顔を見るのは」と、一瞬、手元から目を離し、面白そうに顔を上げた。

「え？」

「この店に来て、溜息ついてる時も、まあ、何とかなるだろうって、どこか高を括っているというか、その時は真面目に悩んでるんだろうけど、そういう少し余裕のある顔をして小籠包を頬張ってるからな。けど、今回は、相当だったんだな。本家大女将の一喝《いっかつ》は」

そう言うと「はい、お待たせ」と、奈緒子に背を向け、お弁当を渡しに行った。

さすが、長年つきあいのある夫だ。よくわかっている。

宗佑が出してくれた小籠包の皿を前にしても、食べる気力もなく、手も出ない。

奈緒子は、何か事が起こっても、持ち前の明るさと愛嬌の良さでいつも何とかなってきたところがある。

――だが、今回ばかりは……。

安易に上手くいくと思って行動したせいで、こういう大失態をやらかしてしまった。

ヨネの逆鱗に触れたどころではない。かぐらやの存続に関わる事態にまでなりかねないのだ。

「こんなことで、もしも、かぐらやに災難が降りかかったら、それこそ大変なことに……」

俊平が奥の座敷に奈緒子を案内していた時、言いかけていたのはそのことであった。ここは、奈緒子に伝えておいた方がいいと思ったのだろう。

「十年ほど前ですが、山中温泉にある分家の旅館が大変な目にあいまして……」

俊平が差し出したコップの水を飲み、ようやく人心地ついた奈緒子に話し始めた。

その旅館は、長男の嫁に、新潟の老舗旅館の娘を迎えて、いずれ女将に据えることとなっていた。だが、どうしてか、長男の妹である長女がその旅館の女将を継ぐことになったのだ。

これでは、嫁にやった娘の両親も黙ってはいない。

そちらの女将になるのだったらと嫁がせたのにどういうことだ、とその女将継承に異議を唱えた。

「どうやら、ここでも、嫁と姑の仲が上手くいってなかったようで、それならばと、やはり山中温泉の分家の両親は、実の娘に継がせたいとなったようです」

そう言ったあと、俊平はあっとなり、慌てて、「うちはそんなことはないんです。咲子さんは、女将である母とは上手くやってくれていますから、ここでもと言ったのは、奈緒子さんとかぐらやの大女将との嫁姑のことで……」

「俊平さん」

余計なことを言い、また咲子に注意されている。

俊平は、支配人としてかぐらやにいた時、何度も、その嫁姑バトルを間近で見ているので仕方ないことだが。

「話を戻しますと……」咳払いすると、「『これは、うちの中で、もうすでに決まったこと』『いや、それでは話が違う』と、さんざん揉めに揉めたようですが、埒《らち》があかず、どうしようもなくなって、本家筋であるこの柿沼の大女将のところまで、その件が上がってきたのです」

ヨネは、両家を呼び、両方の言い分を聞き、すべての物事をしっかりと見定めたうえで、答えを出した。

「柿沼は、山中温泉の分家を破門とする」

そう言い渡したのだ。

破門とは、本家が与えた、老舗旅館の看板を取り上げるということである。

看板といっても、商標登録があるわけではない。ましてや、売り買いできるものでもない。

老舗という目に見えない看板である。そんなものがなくても、旅館の商いはやっていけると思うかもしれないが、そこがそうではない。

このヨネの言い渡しが伝わると、その山中温泉の旅館はすべての信用を失った。他の分家も旅館関係者も、もう誰も相手にはしない。

彩の母親の成美が、金沢にビジネスホテルを出店するのに、信用がまだないという程度ではない。言うなれば、百年以上続いた老舗の信用がヨネの一言で一瞬にしてなくなったのである。考えうる中で、最も重く厳しい裁断である。

だが、そこには確固たる理由があった。

「おたくさんが筋を通さんかったのや」

ヨネは、山中温泉の分家にそう言ったそうだ。それを俊平から聞いた時、奈緒子は志乃がかつて言った言葉を思い出した。

志乃も同じことを言ったことがある。

「すべて物事には、その筋道というもんがあるのや。これを違《たが》えたら、信用はおろか、老舗は老舗でのうなってしまう」

確か、魚の仕入れ先を板場が変えようとした時だ。

その頃、辰夫が倒れて入院しており、若いが腕の立つ板前さんがいるということで、その人に辰夫の代わりに板場に入ってもらうことになった。その板前さんが、魚の仕入れを、別の業者の方が安いということで変えようとしたのだ。

それを知った志乃は、すぐさま、新しい仕入れ先に断りの電話を入れさせた。そして、その話が伝わっていた今までの業者のところに、志乃自らが出向き、これまで通りかぐらやに卸して欲しいと頭を下げてきたのだ。

その業者は、長年のつきあいがあるが、仕入れの値段は他所より確かに高い。だが、金沢近海の港で獲れた鮮度のいい魚をいつも持ってきてくれる。もちろん、板長の辰夫自ら、近江町市場に買い付けに行くこともあるが、基本は、その業者からである。

時化《しけ》で魚が獲れにくい時も、何とか工面して仕入れてきてくれたり、急にたくさん入用になった時なども、すぐに手配してくれたりと、何かの時には、頼りにできる。

もちろん、こちらも、仕入れた魚が余っている時は、買いあげたりもしている。そんな、信頼関係の中でのつきあいだ。

「その長年の関係をなしにし、もし他の業者に変えるなら、きちんと理由を説明し、相手に納得してもらわなくてはなりません。それが筋を通すということです。それをせずに勝手に変えることは、信用で成り立っていた相手との約束事を破ることになります」

今では、奈緒子が優香の祖父の万吉と交わしたような契約を結ぶことも多くなってきているが、その契約も、一枚の紙で成り立っているだけで、大事なのは互いの信頼関係である。

山中のその旅館は、長男に嫁いだ嫁を女将にすると周囲に約束した。なのに、それを相手が納得していないにもかかわらず、違えた。つまりは、筋を通さなかったのだ。

そして、それを言うなら、佳乃もまたその筋を通さなかったことになる。

「あんたは柿沼の女将になるのやで」

ヨネは娘の佳乃にそう言い聞かせながら、育てたはずだ。子供の頃の佳乃も、そうなるものと思っていただろう。

あれほど、女将としての立ち居振る舞い、女将としての仕草が身についているのだ。母親のような女将になりたいと佳乃も思い、日々、女将修業に励んでいたに違いない。それは、本家の大女将である母親といずれ女将になる娘との約束事でもあったはずだ。

だが、佳乃は、自分の生きたい人生を選んだ。

一度は、ヨネや身内を説得しに帰って来たが許しを得られず、納得を得られぬまま、家出同然にフランスに行ってしまった。

そして、それだけではなかった。

俊平は、山中温泉の分家の旅館の話をし終えると、今度は佳乃に関わることを言った。

「佳乃さんには、幼い頃から、本家と親戚一同が決めた分家の長男である許嫁《いいなずけ》がいたそうなのですが、そちらの方も、佳乃さんがフランスに行ったことによって……」

結果として、佳乃からの一方的な婚約破棄となった。こちらも筋が通らない話となったのだ。ヨネが、「これを許すと、本家として示しがつかん」そう口にしただろうことは、奈緒子にもわかる。

　本家と分家も一つの筋で成り立っている。

　その頂点の要である柿沼が、それを許せば、すべての拠るべきしきたりが崩れて、本家の信用はなくなり、威厳もなくなってしまう。そして、その本家が与える老舗の看板も、ないがしろにされ、軽んじられてしまう。そんなことになったら、日本の老舗旅館が、その価値を失うことにもなりかねない。

　これでは、本家大女将のヨネが、自分に娘はいないと言い張るのも、仕方がないことなのかもしれない。

「ここは、もう何もせずに。いいな？」

　宗佑からも、あの後、念を押された。

　相手は、その一言で分家を破門にも出来るヨネである。

　佳乃と母親であるヨネの問題に、これ以上、首を突っ込み、またしてもヨネの怒りを買うようなことになれば……。

　考えただけで、奈緒子の背中がぞっとする。

「この件では、これから一切、関わるつもりはありません！」

「よし！　今の言葉忘れるなよ」

「もちろん」

宗佑の言葉に奈緒子は大きく頷いた。

佳乃に、実家と和解して、能登に帰ってもらうなどという考えは、もう忘れた方がいい。

奈緒子は、橋を渡り切ると、かぶら寿司を包んだ風呂敷の手を持ち替えて、もう一度、しっかりと頷いた。

二

村田は先ほどから一言もしゃべらない。

村田の屋敷の応接室のソファで向かい合い、奈緒子が、日頃のお礼を述べ、持参したかぶら寿司を差し出したところまでは、「おお、好物なんだよ。いつも悪いね」と機嫌が良さそうだった。だが、「あの、実は……」と能登での一件を話し出したとたん、口を閉じた。

その村田がようやく息を吐いた。

「奈緒子くん、もう済んだことはしかたない。だが、もうこの問題には関わらないようにいいね」

奈緒子とて同じ思いである。

「あの柿沼相手では、私でも、どうしようもない。その力は、能登や金沢だけじゃない。日本の老舗旅館の三本の指に入る、老舗中の老舗の本家だ」

「はい……重々に承知しています。でも、もしもの時は、村田様……」

すがるように村田を見た。

「いや、だから、私には無理だって言ってるだろ？　ほんとに今回ばかりは、何か事が起っても役には立てないよ」

「だから、もしもの時のことです」

「だから、もしもの時も無理だって言ってるんだよ」

「そこを……」

「いや、駄目だ」

そんな、村田との堂々巡りの会話のあと、二人して意見が合ったのは、「このことは、かぐらやの皆には黙っていよう」ということだ。

「このままで済めば、能登の一件は、なかったことにできるんだし、ここは、何も言わない方がいいんじゃないか」

宗佑もそう言っていたのだ。辰夫や房子に話しても心配させるだけである。

村田に丁寧に辞儀した後、奈緒子は弟子に見送られ、玄関を出た。

村田の屋敷は、玄関から門まで敷石が続いている。何でも、浅野川で採れた石を細工して川の流れに見立てて置いてあるそうだ。こういうところが金沢を愛する村田の風流なところである。

その石を渡っていると、屋敷の庭の向こうの離れから、佳乃のチェンバロが聞こえてくる。今、弾いている曲は、奈緒子もよく耳にする。確かバッハの管弦楽組曲、ポロネーズ。躍動感ある舞曲だ。

佳乃のチェンバロを聞いた後、奈緒子も自分でいろいろ調べてみた。

佳乃の説明した通り、チェンバロは、鍵盤と連動した爪で弦を弾く鍵盤楽器で、その弦の余韻《よいん》の響きが優雅で繊細な曲を奏でるらしい。

チェンバロの全盛期は、フランスのブルボン朝時代である。だが、その後、フランス革命が起こり、ルイ十六世を始め、妃のマリー・アントワネット、多くの王侯貴族たちが断頭台《だんとうだい》に消えていった。チェンバロはそんな王侯貴族の持つ贅沢な楽器の象徴であったことから、それが屋敷にあることは、身の危険にもつながるとされた。そして、それに代わるものして、ピアノが作られだしたという。

そんな歴史を思いながら耳にすると、テンポのいい曲調の中にも、どこか寂し気でもの悲しさを帯びた調べにも聞こえてくる。

そう言えば、昨日の佳乃もどことなく、寂しそうだった。

奈緒子は、昨日、談話室の隣に建設中の食事部屋の進み具合を見ながら、現場の人たちと打ち合わせをしていた。このままいけば、予定通り、来年の春、桜の花が咲く頃には完成する。

内装などは、これからなので、奈緒子もまた忙しくなる。

隣のテーブルとの仕切り代わりにしようとしている加賀友禅の衝立《ついたて》の柄など、そろそろ決めていかなければならない。

佳乃のことは、ひとまず置いておいて、頭をそちらに切り替えよう。そんなことを思いながら、いつものように渡り廊下を渡り、母屋に戻った。

最近は、休憩時間に母屋の居間で房子とお茶を飲むのも、佳乃の日課となっている。

房子と二人して、えんじょもんの嫁である奈緒子をどう指導するかと、お茶のあてに話題にしているのかもと、恐る恐る、母屋側の廊下の襖を開けると、佳乃が一人、縁側に立って、庭からの空を見上げていた。房子は、買い物にでも出かけたのだろう、母屋にはいないようだ。

その佳乃の見上げている空は、あの能登の空と似ていた。

少し鉛色をして垂れているように低い。さすがに潮の香りはしないが、日本海の内海の景色を思わせる。

佳乃の目は、どこか遠くを眺めていた。

その横顔が、やけに寂しそうだったのだ。

洋装になれば、貴婦人の如く、着物になれば、大女将の如く、気品があり毅然《きぜん》とした、いつも自信ありげな顔を見せているのに……。

佳乃にも、何か人には言えない悲しみが、心の内にあるのだろうか。奈緒子は、そんな佳乃に声をかけられずにいたのだ。

と、チェンバロの音が止んだ。

佳乃が今日の稽古を終えたのかもしれない。だが、違った。別の曲が流れだした。それまでとは違う曲が聞こえてきたのだ。

どこか懐かしい、郷愁《きょうしゅう》を感じさせる、聞いたことのある曲だ。

どこでだろう。遠い昔の記憶。

あたたかな優しい手。その温もりに包まれて眠りにつくような……。

その時、奈緒子の携帯が鳴った。どきっとし、引き戻される。もしかして咲子からではないかと、恐る恐る見ると、かぐらやからである。

ほっとし、電話に出ると、「女将さん！」増岡の慌てた声である。

何かがあったのだ。

「どうかしたの？」思わず奈緒子の声も慌てる。

とんとんと上手く事が運んでいる時に何かが起こるのがかぐらやである。だが、そうでない時にも何かが起こる。

「また、あの大阪のぼちぼちのお客様からの予約が入っております！」

大阪のぼちぼちの客と言えば、あのお客様しかいない。

「しかも、フーディーという方たちをお連れになるようです」

増岡はフーディーが何のことかわからないようで焦っている。

三

「ちょっと、どうにかならんかね、あの客たち」

浴場のお湯から上がったばかりの浴衣姿の男性のお客様からクレームが来た。

「水着で入ってくるんだよ。そのうえ、シャワーを立ったままで使うんで、周りに飛び散って、ゆっくり湯船にも浸《つ》かれやしないよ」

「ご迷惑をおかけして、申し訳ございません」

「頼むよ、日本人じゃないらしいから、注意できなかったけど」

「ほんとに申し訳ございません、すぐに何とかいたします」

談話室前の廊下で奈緒子は深く頭を下げ、二階の客室に向かうお客様を見送った。

早く、あのフーディーのお客様たちに、日本旅館のお湯の使い方を知ってもらわないと。

急ぎ頭を上げると、客室から浴衣に着替えて階段を下りて来た野田《のだ》が、奈緒子に気づいた。

「お、女将、今から、湯船に浸からせてもらいますわ。ワシも、ゆっくりと、たまには旅の垢《あか》を落とさんと……」

まるで自分が観光に来たようである。

「そんなのんびりしてる場合じゃないんです。もう、あのお客様たちは、先に浴場に入られたらしくて」

「え？　それはアカン！」

顔色を変えると、「旅館の風呂は、プールやと思うとるさかい。すぐに行ってきます！」

慌てて、坪庭沿いの廊下の角を曲がると、奥の浴場に駆け込んで行く。その手前では、女湯から上がったばかりの女性のお客様が、その勢いに驚き、立ち止まり目を見開いた。

「あ、誠に申し訳ございません！」

その方へ、急ぎ足を進めながら、また深く頭を下げる。

野田は、かぐらやでは、ぼちぼちの客と言われている。

何がぼちぼちかというと、初めて、かぐらやにやって来た時、ああだこうだと片っ端から、文句をつけ、あげくにその時、部屋付きだった優香に「男湯に一緒に入って、背中を流してもらえんか」としつこく言い寄ったのだ。

それで、奈緒子がとっさに、足湯でのもてなしを思いつき、優香と二人してもてなしたが、その足湯を優香も考えていたとあとで知り、かぐらやでの優香のおもてなしとした経緯がある。

その野田だが、気持ちよさそうに足湯に浸かっていたのだが、帰り際に残した言葉が、「ぼちぼちのおもてなしやな」だった。これには、奈緒子もショックで、房子なども「かぐらやのおもてなしがぼちぼちだと言われるなんて」と、奈緒子への風当たりもきつくなったのだ。

だが、実は、その「ぼちぼち」が、大阪では、景気の良い時に使う褒め言葉でもあるそうで、その次に野田がかぐらやを訪れた時、その真意がわかり、笑い話となった。

かぐらやで文句をつけ通しだったことにも、理由があった。今、世界にはフーディーと呼ばれる美食をこよなく愛する人たちがいる。

「その中でも、特に富裕層といわれ金を持っとる若いヤツらが、世界中の美味しいといわれる料理を片っ端から食べ歩いとるんですわ」

　野田は、主にアジアのそんなフーディーを相手に個人で旅行業を営んでいるのだ。

　今は日本の伝統的な和食に人気が集まっているらしく、それで金沢の老舗旅館であるかぐらやに、その時、偵察に来たというわけだ。

「おもてなし、料理とも、さすがですわ」

　野田は、いたく気に入って、かぐらやを是非、自分の顧客であるフーディーに紹介させて欲しいと頼んできた。

　金沢も今、海外から観光で訪れるお客様が増えてきている。新たなかぐらやを作っていくうえでも、そんな海外のお客様にもどんどん来てもらいたい。それで奈緒子も二つ返事で引き受けた。

　そんなフーディーにはわがままな客もいるらしく、それもあり、最初、かぐらやに宿泊した際、野田はわざとあれこれ注文をつけて、対応力を試したようだ。

「大丈夫でしょうか？」

　奈緒子が野田が入って行った男湯の浴場の前で中の様子をうかがっていると、帳場から出て来た増岡が心配そうにやって来た。先ほどから何度も、客に謝っている奈緒子の声が玄関脇の帳場にも聞こえていたのだろう。

その後から出て来た房子は「だから、お断りした方がよろしいかと、私は申し上げたんでございます。そんなフーディーなんて聞いたこともないお客様、何かが起こってからでは、遅いんでございますよ」眼鏡の奥の目でチラッと奈緒子を睨みつける。

房子は、フーディーでなくとも、海外からのお客様をあまりよしとしない。英語が全く話せず、得意の話術が使えないこともあるが、日本旅館のルールをないがしろにするお客様も中にはいるからだ。

「水着で入るだなんて、周りのお客様を見れば、脱ぐのはわかることです。郷に入れば郷に従え。それを好き勝手に……」

房子の言うこともっともだ。それで、奈緒子も野田には、前もって、そのことは話しておいたのだが、

「大丈夫です！　このワシがアテンドとして、一緒に、ずっとついてますから。無茶なこと言いよっても、ワシが何とかします。かぐらやさんは、なんも心配することありません。後はワシにまかせといて下さい！」野田は自信満々にシンガポールからの電話で奈緒子にそう言った。

けれど、そのことを夜、母屋での夜食のあと彩に話したところ、「鵜呑《うの》みにしちゃだめで

すよ、奈緒子さん。父は、嘘は言いませんが、責任感はないですから」とクールに言ってのけた。

この野田であるが、彩の父親であり、離婚した成美の夫でもある。

彩におもてなしの心を身につけたいと思わせたのは、この野田の幼かった娘との思い出、その心の宝を彩が知ったからだ。

そんな野田だが、離婚する際、娘の彩の養育費を支払うと言っておきながら、払ったり払わなかったりしたようで、彩には責任能力なしの父親と映っている。

けれど、父親と娘の親子関係は、悪くはない。

「お、何や、前より、旅館の仲居の風情が身についてきて、おしとやかになったんとちゃうか」

「そっちこそ、いい年して、ますますごんたくれの顔付きに磨きがかかったんじゃないの？」

久しぶりに顔を合わせた父親の一声に、彩が即座にガツンと言い返した。

ごんたくれとは、関西弁で腕白小僧の意味である。一人、アジアを転々とし、気ままな稼業を続けている野田の風貌には、ふさわしい言葉だ。

野田は、いつもこうして、娘にやり込められているようだが、「さすがワシの娘や。ああ言えば、こう返してきよる」と、何を言われても嬉しいらしい。

その野田が連れて来たフーディーたちであるが、着いた早々から騒がしかった。シンガポールから来た二人の若者たちで、詳しく言えば、シンガポールの中華系ということらしい。

「ボクはトムです」

「ボクはジェリーです。二人でトムとジェリーです」

日本語はまったくダメらしいが、そこだけは覚えてきたようだ。

トムとジェリーと言えば、奈緒子も子供の頃に観ていた、アメリカのアニメに出てくる猫と鼠の名前だ。本名ではないが、旅先ではその方が覚えてもらいやすいので、世界中どこに行ってもその愛称で通しているらしい。

トムの方は、長身で眼鏡をかけ、ジャケットにスラックス、少し神経質そうに銀縁の眼鏡を上げ下げしている。ジェリーの方はというと、小柄で気楽なスウェット姿で、カラフルなスニーカーを履いて陽気そうである。

二人とも、ヘッジファンドで働いていたが、何でもその当時はまだ名も知られてなかった電気自動車会社の株を買ったそうで、それが見る見るうちに跳ね上がり、日本円で言うと億単位のお金を手に入れたらしい。そのお金で、美食を探し求め世界を旅している、と野田から は聞いていた。

まずは、挨拶に出迎えた奈緒子や仲居たちが、全員、着物を着て、畳の上に両手をつき、辞儀する姿を見て、携帯でいきなり写真を撮りだした。

「初の日本旅館での出迎えに感動してるんですわ」

日本の東京、京都は訪れているらしいが、金沢は初めてで、日本旅館に宿泊するのも初めてだという。それまでは、外資の経営する名の知れた超一流ホテルだったようで、そんなホテルとは、まったく違う出迎えに興奮しているらしい。

いつものように着物に着替え、房子を従えてやって来た佳乃も、愛想よく坪庭前の廊下に立ち、気品ある笑みを浮かべ、ポーズをつけだした。

見ていた野田が感心した。

「ええですなあ。まさに、日本の老舗旅館の女将や。何であんな大女将がかぐらやにいてはること、教えてくれんかったんです」

やはり、野田も佳乃のことが大女将に見えるようだ。

と、トムのカメラが奈緒子に向いた。慌てて笑顔を作り、帯の前で手を合わせポーズをつけると、佳乃が即座に注意した。

「奈緒子さん、手は前で組んではいけません。女将の着物にはストーリーがあります。帯一つとっても、季節を先取りしたり、お祝い事の色や絵柄をもってきたりと、お客様の目を楽しませるもの。なのに、隠してしまっては、帯に込めた、その思いが伝わりません。女将の着物も、おもてなしの一つ」

「さすがでございます」房子が、ここでもまた大きく相槌を打つ。

「お嬢様のおっしゃる通りでございます」見ていた増岡もそれに続く。

周りにいた知子たち仲居も、しきりに頷いている。彩でさえ、なるほどという顔だ。

奈緒子も、女将の着物がおもてなしの一つだとはわかっていたことなのだが、この時は気が回っていなかった。

「すみません……」

謝り、言われた通りに手を帯からどける。が、その手をどこに持っていけばいいかわからずにいると、

「こうです」

佳乃が手本を見せて、またポーズをつけて胸元の襟に優雅に添わせる。

「はい……」

言われた通りにするしかない。もうこれでは正真正銘、誰が見ても佳乃が大女将である。

佳乃は気をよくしたのか、ますますカメラを前に、堂々とした大女将さながらの笑みを振りまいている。

あの日、母屋の廊下で見た佳乃の寂しげな顔を、奈緒子は少し気にしていたのだが、やはり思い過ごしであったようだ。

トムとジェリーは、その後も騒がしかった。

客室に荷物を置くと、今度は、旅館の中をいろいろ撮りだした。積木細工《つみきざいく》で組まれたような柱や天井、紙でできた障子など、いたるところに興味をもったようだ。

だが、他のお客様にとっては、迷惑このうえない。談話室でくつろいでいたお客様は、落ち着かず、部屋に引き上げてしまった。

野田に注意してもらおうとしても「ここは大目に見てやって下さい。最初はこんなもんです。すぐに飽きますよって」と、気にも留めていない。

「おおざっぱな性格なんですよ。繊細さのかけらもないと、母は言ってました」

彩が、そうも言っていたことを思いだす。

「あんな男」「ろくでもない父親」と成美も野田のことをそう奈緒子に話していた。

離婚したというのも、成美が野田に愛想をつかせ、家から追い出したようである。はたからみても、あの成美と野田では、どうして夫婦になったのか首を傾げるので、仕方ないことのような気もするが。

先ほどの浴場での件でも、急ぎ駆けつけてくれたのはいいが、廊下から様子をうかがっていると、「そやから、そうちゃうんや」「ちゃういうとんねん。わからんやっちゃな」とか、「ええ加減にしとかな、しばくぞ」などと、相手が日本語がわからないのをいいことに好きに言っている。

どうも、アジアの旅行業の仕事をしているのに、英語は片言のようだ。だが、関西人のたくましさで、身振り手振りを交えたジェスチャーで何でも伝えているのだろう。

そのトムとジェリーだが、海水パンツは最後まで脱がなかったらしい。

「ワシがフルチンで堂々と湯船に浸《つ》かって見本をみせてるいうのに、それだけは出来んらしゅうて。どこの国も、今時の若いモンは、男気がないですな。ですから、すんません、そこだけは大目に見てやって下さい」と両手を合わせて頼みに来た。

その夜の食事に辰夫が選んだもてなしの料理は、鯛の唐蒸《からむ》しである。

何にしようかと、板場の哲や健太、翔太と相談し、やはり、ここはせっかく他所の国から来られたお客様なので、この地の伝統の加賀の郷土料理にしようということになったらしい。

尾頭《おかしら》つきの鯛を背開きにし、その中に人参、ゴボウ、キクラゲ、銀杏などを混ぜ合わせたおからを詰めて蒸すのである。その蒸した鯛を二匹、腹合わせにして、色鮮やかな極彩色の九谷焼の大皿に盛り付ける。見た目も豪華な加賀百万石ならではの料亭料理だ。

「もともとは武士が食べる料理だったんですよ」

英語が上手に話せる彩には、トムとジェリーの部屋付きの仲居を受け持ってもらい、料理の説明をしてもらった。武士という言葉を二人は知っていて、興味津々で聞いている。

「その武士には切腹という習俗があったんです。腹切りです」

彩が身振りで伝える。

「そうならないために、背を切って縁起かつぎしたんです」

二人して、その謂れを聞き、感動したのか、奈緒子が挨拶にうかがうと、「武士」「腹切り」と日本語を口にしながら、ここでも携帯で写真を撮り続けていた。そして、ようやく箸をつけ口に運ぶと、ナイスと親指を立てた。

味は、おからに出汁と醤油、そこに砂糖を加えることから、少し甘辛い。だが、シンガポール育ちの二人は、その味に慣れていて、美味しそうに食べている。そして、鯛をつつきながら、「フィッシュヘッド」と喜んでもいた。

「シンガポールにも、鯛の頭を入れたカレーがありますのや。ココナッツミルクで甘酸っぱい味です。ワシは、カレーがすっぱいのはどうも苦手ですけど」

野田がすぼめた口を突き出して、眉を下げ、さも情けなさそうな顔をする。その顔がまた面白く、トムとジェリーもげらげら笑う。用意していた金沢の地酒もお口に合ったようで、食事の席は盛り上がった。

明日は、小松空港から飛行機に乗り、ニセコに行くのだそうだ。そこで北海道産のタラバガニを食べるのだとも話してもくれた。

ここまでは良かった。楽しい初の日本旅館の夜であった。

けれど、その後がいけなかった。

食事がほぼ終わる頃、芸妓さんたちが客室にやって来た。日本の伝統芸である踊りと三味線を何曲か披露してもらいたいと、野田から頼まれたのだ。

かぐらやでも、宴会の席などに、茶屋街の芸妓さんたちに来てもらうことがあり、場を盛り上げてもらう。それで、余興程度の何曲かであればと、お受けしたのだが、あろうことか、トムとジェリーは、その芸妓さんたちとお座敷遊びを始めた。何でも、前回、京都を訪れた時、二人はその遊びを覚えたらしい。

お座敷遊びとは、お座敷の興《きょう》を添える遊びのことである。

「金毘羅船々《こんぴらふねふね》」が始まった。

これは芸妓さんと向かい合い、台の上のお椀の底を見せて真ん中に置き、「金毘羅船々」を歌いながら、交互に手を乗せる。その椀を取ったら、相手はグーを、そのままならパーを出す。間違えたら負けである。単純な遊びだが、歌や三味線に合わせて、リズムが速くなってくると、これが結構面白い。

そうなれば、若い二人である。ついつい、夢中になり、声も大きくなり歓声も上がる。かぐらやは、客室に防音などはしていない。昔のしっかりとした木造りなので、そんなに壁が薄くはないが、だが大声を出すと隣に響く。

「女将、ちょっとうるさいんじゃないかね？」

浴場に向かう隣の部屋のお客様が、通りかかった奈緒子に苦情を述べた。

「食事の後は、のんびりとくつろいで、あとはひと風呂浴びて眠ろうかという時に。あれじゃ、落ち着かないんだよ」

「ほんとに申し訳ありません」

謝り、辞儀し見送ると、早速、野田に客室から廊下に出てきてもらった。

「野田様。他のお客様のご迷惑になっているんです。それとなくご注意を」

「いや、すんません。けど、ここはもうちょっと辛抱を……こういう遊び心のある思い出がええんですわ。女将さんも言うてはりますやろ？　良き思い出、あれですわ。そやさかい、あともう少し……」

そう言い、両手を合わせる。そこへ房子も階段を上がり二階へやって来た。

「女将、客室からのお電話で、声がうるさいとのことでございますが」

「はい、わかってるんですが……」

また歓声が部屋から聞こえてきた。だが、野田を見ると、顔だけ廊下に覗かせ、また両手を合わせている。

そこへ、お銚子を取りに行っていた彩が戻って来た。トムとジェリーは、すでに何本か空けていて、その酔いも手伝い、いい気分なのであろう。

彩もこの状況をわかっている。野田に向き合うと、「お客様はフーディーのお客様だけではありません」ここでも父親にビシッと言った。

「私がちゃんと説明してきます」

彩に任せるのが一番だ。

「じゃ、彩さん、後は、お願いします」

「はい」

奈緒子に頷くと、踏み込みにいる野田の前を通り、室内へと入って行く。

「あ、あの、柔らこうに……です、ます調で、優しうに……」

だが、「英語に敬語はありません」と、またビシッと言い返した。

彩もかぐらやの仲居として、すでに数か月。

最初は、おもてなしをサービスのおまけと言ったり、マッサージを頼んだお客様に仲居はボランティアじゃありませんと答えたりと、いろいろ問題を起こしたりしたが、今では、老舗旅館の接客も身についてきている。

先日、和のマナーコースを受けに名古屋からやって来られた若い女性のお客様がいた。初めての一人での旅行なのだと、楽しそうに話されていたのだが、夕方辺りから、体調が悪くなられ、彩がつきそい、近くの病院までお連れした。

風邪だろうという診断だったが、夜になると熱も上がり、処方された熱さましの薬を飲んだのだが、「もしよかったら」と彩が自分から申し出て、前室で仮眠しながら一晩付き添ったのだ。

翌日も、荷物を持って駅までお送りし、名古屋のお家にも連絡し、ご家族のどなたかにホームで待っていただけるように段取りを組んでいた。

旅先での病気は、誰もが心細く不安になる。ましてや、一人旅である。その不安な気持ちの一つ一つ先を気配りし、もてなしたのだ。彩も女将を目指し、一つ一つ修業の階段を上り始めている。

襖の向こうからは、そろそろお開きにしてもらえないかと、その彩が英語で伝える声が聞こえた。ああは言ったものの丁寧な表現である。

奈緒子も旅行会社に勤めていた時は、海外ツアーの添乗員もしていたので、多少は英語がわかる。と、トムとジェリーが何か言い返しているのが聞こえてきた。

「ホスピタリティ」「おもてなし」と強い口調で言っている。

揉めているような三人の会話が続く。

「なんか、マズイ雰囲気ですな」

様子をうかがっていた野田が心配そうな顔を奈緒子に向ける。奈緒子も気になり、野田に頷くと、「失礼します」と声をかけ、前室の襖を開けた。

「どうかされましたか？」

笑顔でまずは尋ねた。

トムとジェリーは、先ほどまでとは違い、どこか不満そうな表情をしている。彩が代わりに答えた。

「それが……おもてなしは、英語では、ホスピタリティと英訳されていて、日本の老舗旅館は、そんな心からのもてなしをしてくれると聞いていたのに、それをどうしてしてくれないのかとおっしゃっているんです」

ホスピタリティとは、サービスより、もう一歩踏み込んだ接客のことである。

お客様が満足するだけでなく、そこに喜びを感じられるかどうか、日本のおもてなしの心がそれだと海外では紹介されているらしく、奈緒子もそのことは知っている。

トムとジェリーは、そんな心からのもてなしを期待していたのに、これでは喜びを与えるどころか、楽しみを奪いとっていると抗議しているのだ。

「それは……誠に申し訳ございません」

奈緒子は両手をつき、頭を下げた。お客様に、こちらが不快感を与えてしまったのだ、まずは謝るしかない。

だが、ここでこの遊びを続けてもらっては困ると、奈緒子もつたないながら英語で伝えた。けれど、トムとジェリーは納得できないようだ。また英語で返してきた。それに彩が答える。そのうち、三人とも早口になってきて、そうなると奈緒子も何を言ってるのかよくわからない。

と、「女将」と房子の慌てた声がする。

振り向くと、お風呂上がりに通りかかったお客様たちが、前の廊下で立ち止まり、何事かと覗き込んでいる。老舗旅館の中で、ああだこうだと、英語が飛び交う有様に、驚かれているのだ。

これではいけない。何とかしなくては。

「あの、ここは……」

奈緒子がいつもの機転を利かせようとした。

茶屋街の料亭のお座敷なら、この続きをしていただける。なので、場所をそちらに移してはどうかと提案したのだ。旅館と違って、本物のお座敷である。

かぐらやからは、ひがし茶屋街が近いが、にし茶屋街、主計町《かずえまち》もある。昔の風情が残る茶屋街でのお座敷遊びは、また興が乗るはずだ。

彩が急ぎ、それを英語で説明する。野田も、ようやく客室に入って来て、「それがよろしいわ！　そっちやったら、一晩中遊べるかもしれん」満面の笑顔で、二人に勧めた。

トムとジェリーは、まだ渋々ながら、少し興味をもったようで、それならと、彩に言ってるようだ。

つきあいのあるお茶屋さんに、今から部屋を用意してもらうように何とか頼むしかない。

だが、それが出来なかったら……。

今の観光シーズン、芸妓さんを二人手配するのも、大変だったのだ。

けれど、やるだけやってみるしかない。

できませんと言わないのが、老舗のおもてなしだ。

帳場へ向かおうと、辞儀して急ぎ廊下に出た時、佳乃が、そこから少し離れた自分の客室から出て来た。先ほどとは違い洋装である。顔映りのいい淡い品のいいブロンドのストールを肩に掛けて、こちらにやって来る。佳乃の部屋にも、騒ぎが聞こえ、何事かと様子を見に来たのかとも思った。

房子が、気づき、声をかけようとしたようだが、その顔を見てさっと身を引いた。

佳乃は、奈緒子の前を通り過ぎると、廊下から部屋の中にいるトムとジェリーを見た。

そして、厳しい声でたしなめたのだ。

「いい加減にするまっし！」

その迫力に二人がキョトンとした。

四

「部屋では椅子に座りたいの。正座ばかりしていたら、足の形が悪くなりそうですから」

そう佳乃からの申し出があり、シュッドウエストの館で使っていた椅子が、先日、かぐらやに届けられた。肘置きのついた曲木《まげき》で出来たアールヌーボーの椅子である。

奈緒子が呼ばれて行くと、佳乃は、その椅子に座っていた。

長年愛用しているらしく、歴史と由緒あるオーベルジュの館の女主人の雰囲気がますます醸《かも》し出される。

あのあと、トムとジェリーのお座敷遊びは、すぐさま、お開きとなった。佳乃の有無を言わさぬ一言に、誰もが当然のように従ったのだ。

奈緒子は、和室の襖前に控え座り、まずは騒ぎの詫びをした。佳乃も、かぐらやに宿泊していただいているお客様である。

「お騒がせして申し訳ありませんでした」

佳乃が先ほどの件を怒っているのだと思い、頭を下げた。けれど、佳乃は、そんなことで呼んだのではなかった。

「ああいう時は、叱ればいいのです」

落ち着いた声でそう言った。

えっとなる。お客様を叱るなどとは、奈緒子には思いもつかないことだ。

だが、佳乃は、

「他所の国から来ていただいたのです。楽しんでいただきたいという気持ちはわかります。けれど、やっていいことと、やってはいけないこと。それはわかっていただかなくてはなりません。旅館は、一歩、玄関を入ると、ホテルと違って、旅館自体が、そこにお泊りになっているお客様のプライベート空間となるのです。自分たち以外の他のお客様もまたくつろげるように気をつかうのはマナーです。これは、外国のお客様も日本のお客様も関係なく、すべてのお客様に守っていただかなければならないことです」

そして、と続けた。

「すべてにイエスと言うのが、そもそもの間違いなのです」

思いがけないことを口にした。

「ありません」「できません」と言わないのが老舗のおもてなしである。

暖簾分けの時に、本家から分家に言い渡され、志乃を始め、かぐらやの代々の女将も、それを忠実に守り従ってきたのだ。

「ですが」そう言いかけた奈緒子に、

「ノン！」と強い口調で佳乃は返す。

「フランスのオーベルジュでは、迷惑なことをしたり、出来そうもない注文をするお客様には、ハッキリとノンと言い返してました。お客様にも育っていただかなくてはなりません」

お客様にも育っていただく。

それは、奈緒子が考えたこともないことである。

「宿を貸す者と旅人との心と心がふれあう場所、それが旅の宿です。その一夜の出会いに感謝し、心と心をふれあわす。それは、ゲストとホスト、互いに相手を尊重し、わかり合う心を養ってこそできることなのです」

あの柿沼のおもてなしの志である。

「ふれあう心と心が響き合う。一夜の宿は、一期一会」

佳乃は、それを言っているのだ。

その顔を見上げると、いつになく真面目に奈緒子を見下ろしている。

まるで、大女将の志乃のようだ。伝えねばならぬことを教える際の志乃と同じ顔をしている。

代々の女将が次の女将に申し伝えておかなければならない、おもてなしの心。

志乃は、事あるごとに、母屋の奥座敷に奈緒子を呼ぶと、それを教えてくれた。

「日向のおもてなしと日陰のおもてなし」を教えられた時もそうだった。

ああして欲しい、こうして欲しいとは何も言わない無口な画家のお客様がいた。そんなお客様に奈緒子は、よかれと思い、すべて先回りし世話を焼いたのだ。だが、それは、そのお客様にとっては迷惑なことだった。

「日向のように、目に見えるおもてなしもあります。けれど、日陰に回り、そのお客様が何を思っていられるかを考え、黙って待つ、そんな日陰のおもてなしもあります」

志乃は、いつも何も言わず、奈緒子のすることを見守っていた。

そして、奈緒子が何かに気づいた時、初めて、その種明かしのように教えを告げた。そんな志乃の教えがいつも奈緒子を女将道へと導いたのだ。

今の佳乃は、まさにそんな志乃のようだった。

佳乃は、フーディーたちが到着した時から、こんな騒ぎになるかもしれないことを予見し、奈緒子がそれにどう対応するかを見ていたのかもしれない。そして、奈緒子が機転を利かし、無理にでもやろうとしていることがわかり、あの言葉を言い放ったのだ。

ノンということも大事と教えるために。


翌朝、トムとジェリーはまだ眠そうな目をこすりながら、野田と一緒にかぐらやを後にした。

日本旅館は、羽目を外せず面白くなかった。ホスピタリティを期待していたのに、失望した。心からのおもてなしなんて口だけだ。

そう思っているかもしれない。

玄関前の畳に両手をつき、奈緒子は、低く辞儀し、その後ろ姿を見送った。

そして、それから三日後のことである。

恐れていたことがとうとう起こった。

本家柿沼から、奈緒子に能登に来るようにとのお達しが届いたのだ。

五

「奈緒子さん、心して来て下さい」

能登にいる柿沼の咲子から、その日の朝、奈緒子の携帯に電話がかかってきた。

咲子は、用件だけを申し伝えるように言いつけられたようで、そう忠告すると後は何も言わずに電話を切った。

きっとよくないことなのだ。

これは、ただ事ではない。

その日のお客様をお見送りし、一段落した頃合いをみて、奈緒子は、辰夫、房子、増岡に帳場に来てもらった。

「実は……柿沼から……」

こうなってしまったら、もう隠してはおけない。

柿沼に行ってヨネと会ったこと、そこでヨネを怒らせてしまったことを話した。ただ怒らせただけではない。その一喝で腰が抜けたようになるほどの、凄い迫力だったことも、正直に話した。

一同、絶句である。

「ほんと、すみません……」

頭を下げるしかない。だが、誰も何も言ってこない。

そっと顔を上げて、辰夫を見ると、唖然としたままである。その隣の房子を見ると、口を開きかけてはいるが言葉が出てこないようだ。そして増岡は、目だけをパチパチとさせている。

「あの……」

もう一度、謝ろうとした時、房子が非常事態が差し迫ったような声をあげた。

「ともかく、一刻も早く柿沼へ！　何をグズグズしているんです！」

辰夫もハッとしたように、

「そうや。それが今出来る最善策や！」

ようやく増岡も正気を取り戻す。

「私が駅まで、お送りします！　和倉温泉行きの電車の時刻をただいま！」

「私は着物のご用意を！　大女将が柿沼に行く時に、いつも着てらした、アレを……！」

「ワシは、何か土産を……確か、のどぐろの一夜干しがあったはずや！」

そう矢継ぎ早に口にすると、房子は母屋へ、辰夫は板場へと。増岡もつられて廊下へ飛び出したが、あっとなり戻って来た。

「私は、ここにございました」そう言い、黒板横に掛けてある時刻表を急ぎ調べだす。

みんな気が動転していた。

「だから、志乃もおせっかいはほどほどにと言うとったやないか」とか、

「佳乃様を能登に追い返そうなんてなさるから、バチがあたったんでございますよ」とか、

「柿沼のことなら、まずは私にご相談して下されば」とか、いつもなら、そう口にし、叱りつけたり責めたりするはずなのだが、もうそんな場合ではない。

かぐらやの老舗の暖簾がかかっていることが全員わかっているのだ。

そして、すぐさま奈緒子は、電車に飛び乗ると、柿沼に駆けつけた。

目の前には、あのどっしりとした重量感のある柿沼の黒い門がある。電車に乗っていても、気だけは急《せ》いていたので、まずは、息が上がった呼吸を整える。

房子が用意した志乃の加賀友禅の着物は、滅紫《めっし》というおさえた色合いの布地に、こちらも紫鼠《むらさきねず》というぼかした色でかたどった椿の絵柄である。地味だが、通好みの組み合わせだ。

ただ一点、椿の真ん中に、そこだけ朱色を差している。喩《たと》えるなら、老舗という伝統と格式のある暖簾の中に、一人たたずむ女将のようでもある。そんな心構えをみせるために、志乃は、この着物を選んでいたのかもしれない。志乃が、柿沼の大女将と会う時の着物一つ、

気をつかっていたことを奈緒子は改めて知った。

その着物を用意してくれた房子だが、

「ようございますか？　ただひたすら詫びるのでございます。柿沼の大女将の慈悲を乞うのでございます。かぐらやのために。そうでないと……」

急ぎ、増岡の運転する車で、金沢の駅に向かうため、母屋の玄関から出かけようとしていた奈緒子に、そこまで言うと、口をつぐんだ。

かぐらやの老舗の看板が取り上げられるかもしれないなどとは、言葉にするのも恐ろしいのだ。あとは、両手を合わせて、情けなさそうな顔で奈緒子を見ると頷くだけである。その隣では、辰夫もこれ以上ないほど眉を下げ、心配そうな顔で見送っている。

今さらながら、自分のしでかしたことに、本当に申し訳ない気持ちでいっぱいになった。

ここは、何としても、どうにかしないといけない。

大きく息を吸い込み、ゆっくりと吐く。

襟元の下に描かれている椿の花も上下している。

奈緒子は柿沼の門を潜った。


柿沼の仲居さんに案内されたのは、前に通された奥の座敷ではなかった。違う棟へと続く廊下を歩く。

咲子も俊平も、顔を見せない。どうなっているかが、まったくわからない状況だ。

少し行くと、仲居が障子の前で立ち止まり、中へと声をかけた。

「かぐらやの女将をお連れいたしました」そう言い、奈緒子に辞儀して行く。

ここは大広間である。大勢の人が会する場所だ。

どうして、こんなところに。

「どうぞ」と中からも声がした。柿沼の女将の道代である。

訳がわからないながらも、奈緒子は「失礼します」と障子を開け、中へと入った。

すると、そこには――。

その広間の両側にずらっと柿沼の親戚である能登の分家が居並んでいた。能登の分家は、他の分家よりも格が高い。暖簾分けの時期が早いことや、本家との姻戚関係が多いことからである。

その分家が一斉に奈緒子を見た。威圧感のあるものものしい雰囲気である。

そして、その広間の一番奥の真ん中には、床の間を背にしたヨネがいる。

「奈緒子さん、よう来られました。さ、こっちへ」

座布団の上で、あの加賀八幡起き上がりこぼしのような笑みを浮かべ、優し気に手招きする。だが、そのもう一つの顔を知ってしまった奈緒子には、その笑顔がますます恐ろしい。けれど、ここまで来て、背を向け帰るわけにはいかない。

身を低くし、居並ぶ分家の人たちに頭を下げながら、廊下側の障子沿いに前へと進む。

咲子と俊平もその片側の席に並んで座っていた。本家の孫で副支配人の俊平と、若女将の咲子は、他の分家より、より上座に近い。

咲子が奈緒子を見る。その目は、すでにこれから起こることがわかっているかのように切実に何かを訴えている。隣の俊平が、そんな咲子の片方の手を握りしめる。

前方のヨネの近くまで行くと、「こちらです」と道代が指し示したのは、ヨネの目の前に敷かれた座布団である。

分家一同が注視する中、ヨネの真ん前に座らされるのだ。

ここまで来たら、もう仕方がない。

躊躇《ちゅうちょ》せず、その席に進んだ。座布団をずらし、畳の上に正座すると、すぐさま両手をつき、深く頭を下げた。

「かぐらやの女将、奈緒子でございます。本家柿沼に来るようにと言伝《ことづて》を賜りまして、参上させていただきました」

まるで江戸時代の言い回しだが、この状況だと一番ふさわしい口上だ。

「ほんまに、すぐに来てくれるやなんて、さすがかぐらやさんや。さ、お顔を上げて」

ヨネが、にこやかに声をかける。

その言葉に、顔をそっと上げると、ヨネの背の後ろの床の間に飾られている額が目に入った。

禅の言葉である。

「書は心画《しんが》なり」

達筆な太い筆で力強く書かれている。

書は読むものではなく、その形を心で受け取るもの。その意味だ。だとすると、今のこの状況を奈緒子に心で読めとヨネは言いたいに違いない。

慌ててまた顔を下げる。

「何を遠慮してるのや。ほらほらそんな俯かんと」

声だけは、やはりにこやかである。

恐る恐るまた顔を上げる。

「すんませんなあ、能登の分家しか集まれずに。金沢や加賀温泉郷の分家にも来るように言おうと思うたのやけど、少し離れてるもんで」

これだけの能登の分家が、その日に集まれば十分だ。一同、何をおいても、柿沼に駆けつけたに違いない。

　ヨネの右隣に座っていた俊平の父親の健吾が、母親である大女将ヨネに、目礼してから話し始めた。やはり、実の息子でさえ、相当気をつかっている。

「先日、外国のお客様がかぐらやさんにお泊りやったそうで。大層賑やかやったと、聞いております」

　フーディーのトムとジェリーのことだ。

　あの時、確か、能登の商工会議所の所長が金沢に所用があり、かぐらやに宿泊していたのだ。それで、あの夜の騒ぎが柿沼に伝わったのかもしれない。

「あの日は、ほんとに他のお客様に、ご迷惑をおかけし、申し訳ないことを……」

　翌日、朝の挨拶回りで、奈緒子は各部屋のお客様に重々にお詫びをした。離れていたお部屋のお客様は気がつかれなかったようだが、やはり、両隣のお客様からは、「老舗のかぐらやとあろうものが」というお叱りを受けた。

「気をつけていただきませんと。かぐらやの暖簾の元は、この柿沼ですので」

「はい、本当に申し訳ありません……」

　また深く頭を下げる。ヨネの左隣に座っていた道代が健吾の後を続けた。

「大女将は、そういう騒々しいお客様に来ていただくことが、奈緒子さんがしようとしている新しいかぐらや作りのお一つなのかと、おっしゃっておられます」

「はい……」

「それと、朝食に洋食を出す、食事部屋も新たにお作りになると聞いて、驚かれておられます」

「はい……」

「和のマナーレッスンのことも、おもてなしをするお宿で、何を人様に教えるのかとも」

「はい……」

奈緒子の声がだんだんと小さくなる。

「まあ、それはおいおいと」

ヨネが遮《さえぎ》った。道代が頷き、控える。

「今日来てもろうたことは、そんなことやあらしませんのやで、奈緒子さん」

ヨネの声は、ここに来てもまだにこやかである。

「一つ、聞かせてもらいたいことがあって、お呼びたてしてしもうたんですわ」

「はい……」

「かぐらやさんは、この本家、柿沼の暖簾分けした分家ですわな。その、かぐらやさんが、本家が縁を切った者を、勝手に雇うてるとは、どういうことかとお聞きしとうて」

佳乃のことだ。

宿泊していたその商工会議所の所長が、佳乃がかぐらやにいるという噂を聞いていて、旅館で着物を着て女将のように振る舞う佳乃を見たのかもしれない。

けれど、雇っているわけでは……。

「あの……少し、ご説明させていただけたらと……」

「佳乃さん」と言いかけて、慌てて「あの方は」に言い換えた。

「あの方は、その……お手伝いをしてくれているだけで、雇っているわけでは……」

「どちらでも一緒です。即刻、かぐらやから追い出すこと」

聞く耳はもたないようだ。

そして告げた。

「それが出来んのなら……」

分家一同が静まり返る。

「かぐらやは、破門や」

ヨネの声は、その日は最後までにこやかなままだった。

最終章　陰膳のおもてなし

一

母屋の居間のちゃぶ台の上には、大皿に載った握り飯がある。休憩時間に彩と房子が作ってくれたようだが、誰も手をつけようとはしない。

奈緒子がかぐらやに帰り着いたのは、その日の夕方だった。だが、お客様の夕食のお世話で、柿沼でのことを話す暇もなく、夜食の席で、ようやく一同が顔を揃えた時に伝えた。

「破門か……」

翔太がさも驚いたというように呟く。

「でも、どうして、その本家の娘の佳乃さんを追い出さないと、分家のかぐらやが破門になるんですか？」

そう彩に聞かれ、奈緒子も返答に困る。

翔太と彩には、奈緒子が能登に行っている間に、房子が事情を説明したようだ。

翔太は佳乃については、祖母であった志乃の従妹だということ以外、まったく何も知らなかったようだが、柿沼がどういう存在かはわかっていて、事の大きさもわかっている。

だが、彩は、本家や分家、ましてや破門などとは、まだピンとはきていない。それはそうだろう。普通に東京でくらしていたら、耳にすることもない言葉だ。

「本家がそう言うなら、分家にとっては絶対的なことなんです。どうのこうのではなく、もうそう決まってるんです」代わりに房子が溜息交じりに答えた。

「本家の柿沼、分家のかぐらや」

奈緒子もそれまではもっともらしく口にしていた。

だが、今では……。

ヨネが「カラスは白いのや」と言えば、その日から、分家では、黒いカラスも白くなる。

奈緒子はそれが重々身に染みてわかった。そのヨネが、佳乃を追い出さなければかぐらやを破門にすると突き付けたのだ。

「けれど、彩さんの言うように、それはおかしな話やないか。筋が通るとか通らんとかとは、違うはずや」

ずっと黙って腕を組んでいた辰夫が口を開く。

——確かにそうだ。

かぐらやが筋を通さなかったわけではない。四十年前、筋を通さず、フランスに渡ったのは佳乃である。

もちろん、奈緒子が仲直りさせようと、おせっかいにも首を突っ込んで、ヨネを怒らせてしまったのは事実だが……。けれど、こちらの話も聞かず、佳乃を勝手に雇っているというのも言いがかりのような気もしないではない。

押し黙った一同を、仕切りの簞笥の上から、ひゃくまんさんがジッと見ている。志乃に面影が似ているこちらの起き上がりこぼしのお人形も、首を傾げているようだ。

「奈緒子が怒らせたことは、ともかくとして、それってておかしいよな」

その夜、遅くに帰って来た宗佑も首を傾げた。明日の仕込みに時間がかかり、夜食の席には間に合わなかったのだ。

「そうなのよねえ。けれど、それを本家に面と向かって言える？　言えないでしょ？」

いつものように二人して、二階の寝室に布団を並べ敷く。

「それでね、ちょっと気になることもあって……」

奈緒子がそう言いかけるなり、「そこまで」と宗佑が止めた。

これもいつものように几帳面に布団の隅にシーツを丁寧に巻き込みながら、「何か、またよからぬことを考えてるんじゃないだろうな？」疑うような目を向ける。

「いいか？　もう奈緒子は何もするんじゃない。今回のことで懲りて、おせっかいはもうしないと約束したよな？」

　確かにした。

　もう、佳乃と母親であるヨネのことには一切かかわらないと。

「そうなんだけど、それがね……」

　だが、最後まで聞かずに立ち上がると、押し入れから二人分の掛け布団と毛布を次々と取り出し、敷布団の上に広げていく。

「オレが言いたいことは、ただ一つ。明日、佳乃さんには、事情を話して出て行ってもらう。それですべては一件落着。今日は、ほんと疲れてんだ、おやすみ」

　すぐさま、布団に潜った。

「おお、あったかい。毛布出して良かったよ。今夜は冷えそうだし」

「ねえ」

「あ、電気消しといてね」

「ちょっと」

「いいか。ろくでもないこと考えるんじゃないぞ。いいよな、大丈夫だよな。オレは、ちゃんと言ったぞ。わかったら、奈緒子もすぐ寝ろよ。もう一度言うぞ。おやすみ」

　矢継ぎ早に言うなり、背中を向けた。

溜息をつき、電気を消して奈緒子も布団に入る。肩まで掛けると、宗佑の言った通り、あったかい。目を閉じると、今日、柿沼からの帰り、和倉温泉の駅で聞いた歌が思い出された。

あの歌……。

それを聞いた時に、奈緒子の目の奥に、ある一つの情景が浮かんだのだ。

佳乃とヨネ。

四十年前、たとえ、何があったとしても、母と娘だ。それは消え去ることはない。

と、小さないびきが隣から聞こえる。

宗佑は、もう寝たようだ。よほど、今日は疲れたのだろう。

けれど、やはり勘だけはいい。何かまた、奈緒子がしでかそうとしていることに気づいている。

ここは、一つ……。

奈緒子は、今度は、ほんとうにおせっかいを焼きたくなったのだ。

月が変わり師走に入った。

かぐらやでも、年の瀬の支度をそろそろ始めなければならないのだが、今は、まだ新しい年を祝い迎える気分ではない。

何があっても、実直に仕事を続ける増岡でさえ、「今は門松を選び、注文するどころではありません」と、朝から何も手につかない様子で、狭い帳場の中を行ったり来たりしている。

まさに、年を越せるかどうかの瀬戸際なのだ。

その日の昼過ぎに一台の車が、かぐらやの門の前で止まった。

降りてきたのはヨネである。

俊平が運転し、咲子が付き添って能登からやって来た。増岡が玄関前に走り出て、直角以上に体を曲げお迎えした。

「元気にやっとりますか？」

「はい、やっております！」

ヨネに聞かれ、答えるだけで精一杯で、顔を上げることもできない。かぐらやに来るまで仕えた本家の大女将。そのヨネの威厳は、余すことなく隅々まで行き渡っている。

「本家から言い渡されたお返事をしたいので、ご足労だとは思いますが、一度、かぐらやにお越しいただけないでしょうか？」

奈緒子は、咲子に電話して、ヨネにそう伝えてもらいたいと話した。咲子は奈緒子の真意がわからないながらも、ヨネに伝えてくれた。それを聞いたヨネは、「わかりました」とだけ返事したそうだ。

房子がヨネを二階の客室に案内する。そのヨネの手を俊平が引いて連れて行く。

「まだ、足腰もしっかりしてらっしゃるので、手を引かれるのはお好きじゃないんですけど、孫の俊平さんだけは、いいらしくて」

咲子は、階段を上がるその姿を見上げると、「それで」とその顔をこちらに向けた。

「今度は、何をするつもりですか？　まさか、また……やっぱり、アレですか？」

おせっかいかと聞きたいのだろう。

これから奈緒子のすることは、辰夫と房子にはもう話してある。二人は顔を見合わせたが、ここまで来たら、もう奈緒子にまかせるしかないと思ったようだ。奈緒子は咲子にも、そのことを打ち明けた。

聞き終わると、咲子は、口元を手で押さえて、「え？　ほんとに、そんなことを……？」信じられないという顔になったが、ここでも奈緒子譲りの楽天さで、「一か八かの大勝負ですね」と励ますように頷いた。

ヨネが客室で一息ついた頃、奈緒子は、辰夫が作ったお昼の食事を運んだ。

「失礼いたします」

辞儀して入ると、その膳をヨネの前に置く。

「精進料理ですか、おいしそうですな」

加賀野菜を素材に、辰夫が腕を振るった。

基本、精進料理は、お肉やお魚は使えない。そのため、滋養がとれる山の幸の料理が多いのだが、膳の上には、うなぎのかば焼きや鴨なども載っている。これは何々もどきと言われる料理で、前者は豆腐と長いもで作った精進うなぎであり、海苔を皮に見立てている。後者は、なすを鴨に見立てた鍋しぎ焼きである。

「ほう、これはまた手の込んだお料理を。辰夫さんの作る料理を食べるのも久しぶりや。それも楽しみに来させてもらいました」

「はい、板長も張り切ったようでございます」

続いて房子がもう一つ、お膳をもって入って来た。

「さ、あんたさんも一緒に」

「いえ、私では……」

ヨネが怪訝な顔をした。ヨネは、かぐらやに佳乃がいることを知っている。なので、「会わそうとしてるとしたら、その場ですぐさま破門です」とすでに釘を刺している。

奈緒子は袂《たもと》に忍ばせていた、ひゃくまんさんを取り出した。母屋にある志乃に面影の似たお人形である。それをヨネの右隣の席に置く。

「これは？」

「亡き大女将、志乃の代わりでございます。今日は、志乃が柿沼の大女将をおもてなしさせていただきます」

「陰膳《かげぜん》ですか」

ヨネが呟く。

陰膳とは、昔からの風習で、旅に出たり、離れたところでくらしている身内や知り合いの人が、ちゃんと食事が出来ていますようにと願いながら出すお料理である。

それは、すでに亡くなっている人に対しても同じで、無事にあの世で過ごせるようにとの思いを込めて、家族の食事の席に一緒に並べたりする。

かぐらやでも、お客様との会話から、一緒に来ることができなかった方がいるとわかると、そっともう一膳、お運びすることにしている。このおもてなしを伝えたのも、柿沼である。

本家がするようになり、それを分家がおもてなしの一つとしたのだ。

房子がそのひゃくまんさんの人形の前に膳を置く。

一瞬、心配そうに奈緒子に目をやろうとしたようだが、ヨネに気づかれてはならないと思ったのだろう。すぐに辞儀し出て行った。

その姿が襖の向こうに消えるのを見届けてから、側で控えている奈緒子にヨネが顔を向けた。

「面白い趣向ですな。陰膳でのおもてなしとは。けど、志乃さんも、今回のことでは、あの世で気を揉んではるのとちがいますか？」

「はい、申し訳なく思っております。すべては、私がまだまだ女将として、未熟なばかりに、本家大女将のヨネ様にも、周りの皆様にも大変ご迷惑をおかけしたと……」

「わかってたらよろしいのや。私も、かぐらやさんを破門などとはしとうもないことです。志乃さんとは、本家分家を超えて、同じ大女将同士、仲良うもしとりましたさかい。けどな、本家の言うことをきかんとなると、話は別や」

ヨネが眉根を寄せた。

「で、どうなさるおつもりで？　今日は、返事を聞きにやって来ましたんやで。まずは、それをお聞きしましょ」

「それは……」

「もちろん、追い出すんでっしゃろな」

奈緒子は息を小さく飲んでから答えた。

「佳乃さまも、かぐらやにお泊りになられているお客様です。そのお客様にこちらから、出て行って欲しいというわけにはいきません」

「そうですか」

ヨネは、頷くと、ひゃくまんさんのお人形を自分の方に向けた。

「志乃さん」

お人形に語りかける。

「すまんことやけど、本家は分家の大本や。その本家に逆らうものに暖簾を預けることはできませんさかいな」

さも残念といった顔をすると、

「私の一存ではありますが、かぐらやは、破門と……」

そう言いかけた時、「失礼します」とよく通る声がした。

「どうぞ」

奈緒子が返事する。すると、襖が開き、着物を着た佳乃がそこにいた。佳乃はまずは、緊張した面持ちで、その襖の前で辞儀した。

奈緒子が再び、「どうぞ」と中に入るように促す。

佳乃は、ヨネが座っている座卓を挟んだ前に進むと、また辞儀し、顔を上げヨネを見た。

四十年ぶりの母と娘の対面である。

どれだけ月日が経っていようと、相手がわからないことなどない。

ヨネが目を見開いた。が、すぐさま、奈緒子を睨みつける。

「どういうことです？」

叱責すると、「帰らせてもらいます」腰を上げかけた。

「お待ち下さい！」

奈緒子が両手をつき、引き止めるようにその顔を見上げた。

「この席は、あの世です。かぐらや大女将、志乃のいる、あの世なら、娘の佳乃さんとお会いになってもいいのでは？」

ヨネが浮かしかけた腰を止めた。

奈緒子が能登の柿沼でヨネと会い、もう佳乃さんのことをお許しになられてはと、おせっかいにもそう口にした時、

「私は、本家柿沼の大女将！　その大女将が娘はこの世におらんと言うとるのや！　おったとしても、私が生きてるうちは会うつもりはない！」

そうハッキリと言ったのだ。

それは裏を返せば、この世では会えなくとも、あの世では会えるということである。

「物事の筋道は合っているはずです」

何よりも大事にする筋は、理屈では通っている。

ヨネが息を飲み、一瞬とまどったようになったが、スッと座り込んだ。

佳乃がそんな母親に、深く頭を下げた。

「……お母様……」

両手を揃え、膝の前につく。

指先の手元から、首筋へ、その屈ませた背から腰へと真っすぐ揺らぐことなく美しく伸びている。

幼い頃から、その辞儀一つを何度も何度も目の前にいるヨネに教えられてきたのだろう。

言葉ではなく、今の自分にできる精一杯の母親への詫びの気持ちをこの辞儀一つに見せているのだ。

そんな佳乃をヨネは何も言わず、黙って見ている。


奈緒子は、あの日、柿沼からの帰り道、途方に暮れたように海沿いの道を戻りながら、駅に向かった。破門を突き付けられたこともショックだったが、それよりも、佳乃を追い出せとは、あまりにもな話だと思ったのだ。

実の娘に、どうしてそこまでできるのか。

和倉温泉の駅の構内で、切符を買い、どうしたものかと重苦しい気持ちで、電車を待っていた時である。

歌が聞こえてきたのだ。

その方を見ると、線路沿いの道端の電柱の脇で孫らしい赤ん坊をおぶりながら、おばあさんが口ずさんでいる。

ねんねんころれよ　ねんころれ
ねんねのおかかあ　どこ行った

のんびりとした節回しからして、子守唄のようだ。

あの時、聞いたのと似ている。村田の屋敷で、門までの敷石を歩き、帰りがけに耳にした、佳乃が弾いていたチェンバロの曲。

懐かしい気持ちがしたのは、子守唄だったからだ。

子守唄というのは、その地その地で歌詞は違っても、やはり子供を寝かしつける歌である。その調べはどこか同じようだ。

奈緒子も子供の頃、母親によく子守唄を歌ってもらっていた。その歌を聞くと、夜、布団の中で安心して眠りにつくことが出来た。

今も孫を寝かしつけようと、おばあさんがその続きを歌っている。

越後《いちご》の山へ　花折んに
一本折っては　腰にさし
二本折っては　前にさし
三本目に　日が暮れて

これが能登のこの辺りの歌詞なのだろう。

改札のベンチに座り、ぼんやり聞いていると、奈緒子の目の奥に、一つの情景が浮かんできた。母親が、我が子に添い寝しながら、その歌を口ずさみ、肩の辺りをとーんとーんと優しくなでるように叩いている。

その寝顔を見ながら、何を思っているのだろう。

きっと、子の幸せだ。

いくつになっても、親は子の幸せを願わずにはいられない。

明日も笑顔で元気に過ごして欲しい。その次の日も、そのまた次の日も。

元気に大きく育って欲しい。

そう願いながら、毎晩、寄り添い歌を歌う。

その時、あっとなったのだ。

もしかしたら佳乃は、この能登の子守唄を子供の頃、毎晩聞いていたのかもしれないと。

それを思い出し、あの日、離れでチェンバロで弾いていたのではないかと。

――二度と帰るものですか。

能登の実家には帰らない、佳乃はそう口にしていた。

けれど、それは本心ではないはずだ。母屋の廊下から、能登に似た色合いの空を、佳乃は寂しそうに見上げていたのだ。あの横顔こそ、佳乃の正直な気持ち。

そして、ヨネもまた……。

「私に娘はおりませんさかい」そう言っていたが、佳乃と同じ、本心はそうではないはずだ。朝は早くから、夜は遅くまで、ヨネは本家の女将として旅館の仕事に追われ続けていたに違いない。

志乃が生前言っていた。

「ちゃんと子供たちの面倒をみることも出来んかった。その負い目があるから、かぐらやの大女将としては、不出来な長男に勘当を言い渡せても、母親としては、いつも許してしもうてた。甘《あも》うなってしもうたのや」と。

毎晩、旅館の仕事をようやく終えて、子供たちの寝顔を見に行く。

そして、この能登に古くから伝わる子守唄を口ずさみ寄り添い寝かしつけることが、母親としての罪滅ぼし、そして、自分へのご褒美だったかもしれない。

そんな母親の子供を思う気持ちは、何年経とうが、何十年経とうが変わらない。なのに娘に会いたくない母親がいるだろうか。ヨネも心の奥ではきっと、娘の佳乃に会いたいと願っていたに違いない。

だが、本家の大女将としては、それが出来ない。

佳乃は、筋を通さなかった娘だ。


「フランスに帰ることにしました」

房子から事情を聞いた佳乃は、奈緒子が柿沼から帰って来た翌日、自分から、そう言いだした。

房子も佳乃を追い出すようなことはしたくなかったはずだ。だが、背に腹は代えられないと踏んだのだろう。かぐらやの暖簾だけは、何としても守り通さなければならないと。

「皆様にも、ご迷惑をおかけしました」

母屋の奥座敷で、奈緒子にそう言い頭を下げた。

「それでいいんですか？　このまま、お帰りになったら、一生、悔いが残るんじゃないんですか？」

佳乃の思いをすでにわかっていた奈緒子がそう聞くと、

「すべては私が招いたこと……」

佳乃が静かに語りだした。

「子供の頃から、柿沼の女将になる。周りだけではなく、自分でもそう決めていたのです。女将になれば、自分が自由に出来る時間はなくなってしまう。それで、ワインに興味があったこともあり、その前に、心惹かれる異国の地、フランスをこの目で見てみたい。そんな単純な気持ちで海を渡ったのです……まさか、その異国で、将来の夫となる館の主と出会い、恋に落ちるとは……」

佳乃は、一瞬、その若き日の情熱を思い出したのか笑みをこぼした。

だが、すぐにその笑みを消した。

「若気の至りという言葉がありますが、まさにそれだったような気もするのです。日本に戻った時に、もう少しちゃんと心の内を話し、どうして、お母様に許していただくことをしなかったのかと……たとえ無理なことだとしても、もう少し時間をかければ、こういうことにならなかったのではないかと……」

取り返しがつかないことを自分はしてしまったのだと、そう気づいた時は遅かった。

けれど、と続けた。

「私は、自分で選んだ人生を後悔してはいません」

フランスの地で、愛する夫とともにオーベルジュの館でくらし、女主として客をもてなし、チェンバロを弾き過ごした。それからの人生は実に素晴らしいものだったと。

人生の禍福はあざなえる縄の如しだという。

良いことがあれば、良くないこともある。それが縄の目の裏表のように、ちょうどよくつり合い、繋がっていくのが人生だと。

佳乃は、自分で選んだ人生を生きた。その代償として、能登の娘という人生を失った。

確かに、佳乃はフランスで過ごした人生に後悔はないのだろう。

――だが、もう一つの人生は……。

能登の娘としては、悔いがあるはずだ。たとえ、裏に隠れた人生だとしても、後悔したまま終わりたくはない。そのために、日本へ戻って来たのだ。けれど、今回の一件で、母親は自分を許さないとわかり、この地を去ることに決めたのだ。

――本気でおせっかいを焼くと決めたのに。

なのに、このままでは……。

佳乃が最後にもう一度、詫びの言葉を口にした。そして、「志乃姉様にも、かぐらやにご迷惑をおかけしたことを、いつかあの世でお会いした時に、お詫びを」そう口にした。

あの世で会った時……。

——あの世でなら……。

奈緒子が陰膳を思いついたのはその時である。

目の前では、佳乃がゆっくりと背を起こし、顔を上げた。

ヨネが、じっとそんな佳乃を見ている。

だが、その顔は、もう大女将ではない、母親の顔だ。我が子の寝顔を見るような優しい穏やかな顔をしている。そして、佳乃もまたそんな母親を恋い慕う娘の顔になっている。母親の子守唄を聞きながら眠っていた、あの頃の顔だ。

ヨネが深い皺の寄った目尻を下げて佳乃に頷く。「お母様……」もう一度呟く佳乃の頬に涙が流れる。

そんな二人をひゃくまんさんのお人形も微笑み、見つめている。

今だけは、かぐらやのこの客室は、志乃のいるあの世なのだ。

娘と母の四十年ぶりの逢瀬の場である。

奈緒子は、そんな二人を残し、辞儀するとそっと席を外した。

階段を下りて行くと、談話室の炭を入れた火鉢に手をかざしながら、俊平と咲子が心配顔で待っていた。房子も一緒にいる。

奈緒子に気づき、こちらを見た。笑顔を向けると、上手く事が運んだとわかったようだ。どの顔にもホッとしたような嬉しそうな笑みが浮かぶ。

「では、佳乃様のお膳もすぐにお運びを……」房子が、厨房に行こうとする。

「それは、もう少し後でお願いします」

奈緒子がそう言うと、「そうですね」と房子が立ち止まり、また嬉しそうに頷く。

今は、誰にも邪魔されず、二人っきりでいたいはずだ。話したいことが山ほどあるだろう。

フッとガラス戸越しの坪庭から空を見上げると、冬の薄い日差しの中、きらきら光り、何かが舞い落ちて来る。

──雪だ。

「どうりで、やけに冷えるなと思ってました」

咲子と俊平も奈緒子の側に来ると、並んでその空を見上げた。

「お二階の火鉢にも、もう少し炭をくべた方がよろしいですね」

お膳と一緒に後でお運びいたしますと言うと、房子がその支度をするため、奥へと向かう。

雪は、しんしんと降り積もり、今宵一晩、降りやまないかもしれない。

そうなれば、明日の朝は、この冬一番の冷え込みとなるだろう。

だが、雪が冷たいとは限らない。

あたたかな気持ちにさせてくれる、そんな雪もある。

今夜の雪はきっとそうだ。

二

後日、能登に帰ったヨネから、佳乃に届け物が送られてきた。

「奈緒子さん、あなたにも見せたいので」

佳乃に呼ばれ、二階の客室に向かうと、座敷の上に加賀友禅の五つ幅の反物《たんもの》が広げられていた。

「これは……」

「母が、私のために作ってくれていた花嫁のれんです」

だが、奈緒子は驚いて目を見張ってしまった。

その絵柄は、見たこともないものだったのだ。今まで目にしていたお祝いの吉祥の華やいだ色合いや、花々や蝶が舞う模様とはあまりにも違う。

深い群青《ぐんじょう》と寒々しい白を下地の色とし、そこには、海に大風が吹き渡り、荒れ狂う波が大岩に当たり砕け、白い飛沫《しぶき》をこれでもかと跳ね上げたすさまじい光景が描かれている。

この荒ぶる海を渡るくらいの厳しい覚悟で人生へ漕ぎ出せという、これこそ、まさに覚悟の暖簾だ。

驚いたまま見ている奈緒子に、

「お母様の、これが娘の私への愛情なのです」と、佳乃は嬉しそうである。

自分で自分の人生を選んだ佳乃。

これからも、今までの人生に感謝して、新しい人生を生きていくのだろう。そんな佳乃に、まさにふさわしい暖簾でもある。

そして、四十年ぶりにようやく手渡せた、母から娘への花嫁のれんだ。

ヨネは、あの日、佳乃との再会の後、見送りに立った奈緒子に、「門まで送ってもらいましょか」と雪の降る石畳の上を歩きだした。

そのヨネの着物の襟元に巻かれた紫のストールが温かそうだ。佳乃がフランスから、もし会えた時にはと持ってきて、先ほど手渡したものだろう。

けれど、佳乃はもう姿を見せない。

ヨネは本家柿沼の老舗一門を束ねる大女将である。娘と会うのは、あの世だけと、どこまでも筋を通すつもりのようだ。

俊平と咲子は、止めてある車で先に待っている。

「では、おばあ様、門の前に車を回してきますので。さ、咲子さん」

「はい、俊平さん」

こんな何気ない会話でさえ、にこやかに微笑み合い、二人仲良く出て行った。

その後ろ姿を見ながら、

「やっぱり、結婚は、好きおうてる者同士がよろしいな」とヨネは呟いた。

佳乃には、周りの大人たちが決めた許嫁がいた。けれど、佳乃は自分が心から好きになった男性との結婚を望んで、家を出た。

ヨネは、そんな佳乃のことがあったからこそ、咲子が旅館の娘でなくとも、孫の俊平が好きな相手ならばと反対もせず、二人の結婚を許したのかもしれない。

そんなことを思っていると、隣を歩いているヨネが笑みを見せた。

「東京から、あんたさんが来た時は、えんじょもんの嫁が来た、かぐらやは、どうなることやと思うとりました。けど、志乃さんが、あの嫁は、立派な女将としてやっていけます。私が、そのような女将に育て上げます。そう私に言いましたのや。けど、その志乃さんが亡くなられて、さて、またかぐらやは、どうなるかと心配してましたんやが、けど、まあ何とか、やってるようですな。あんたのお陰で、娘とあの世で会えました。ええ思い出になりました」

「良き思い出は、心の宝……大女将志乃もあの世でそう言い、喜んでいるはずです」

「かぐらやの女将の志ですな」

「はい」

「それはよろしい」

満足気にヨネが頷く。

本家大女将にそんなことを言ってもらえるなんてと、つい、奈緒子の顔も緩んでしまいそうになったが、次のヨネの一言で笑みも瞬く間に引っ込んだ。

「けどな、破門をなしにしたわけやない」

「え……」

「私は、新たなかぐらや作りを許した覚えはありませんさかい」

そんな……。

「ここで、かぐらやに勝手を認めたらどうなります？　分家一同、それやったら、うちも私もとなるのは目に見えている。口では言わんけど、みんな、老舗旅館は、時代に取り残されるのではと心配してるのや。そんなことになったら老舗のおもてなしはどうなります？　老舗の格式としきたりを守ることが、本家柿沼の務め。私の目が黒いうちは、許しませんさかい！」

でも、すでに新たなかぐらや作りは始まっている。

「あの……でも……」

「わかってます。この件について、何も言わんかったのは、とりあえずは、やりなはれということです。けれど、それを見て、何がほんまもんのおもてなしで、何が張りぼてのおもてなしか、柿沼大女将の私がこの目で見極めます」

見極めるとは……。

では、もし、それでダメだということになったら……。

破門。

奈緒子が声にしていないのに、聞こえたかのようにヨネが大きく頷く。

「成功させるか、暖簾を取られるか、二つに一つ。ここが、女将としての、これからのあんたの腕の見せ所ですわな」

「そんな……」

こちらは、思わず声に出てしまった。

「何情けないことを。奈緒子さん、あんたは、志乃さん亡き後の、かぐらやの女将として、しっかりと、おもてなしの心を持ち、女将として前へ前へと突き進むのや。それしか道はありません。それこそ、女将道です！」

門の手前でそう言い切ると、咲子が言っていた通り、御年、九十手前とは思えないほど、矍鑠《かくしゃく》とした足取りで、「ほな、ここでよろし」と、一人、その門を潜って行く。

咲子と俊平は、まさか、そんなことを奈緒子が言い渡されているとは思ってはいないようで、

「じゃ、奈緒子さん、また柿沼にも遊びに来てください」

「今日は、ありがとうございました。お邪魔しました」

笑顔で手を振ると、ヨネを車に乗せて行ってしまった。

奈緒子がお見送りの辞儀も忘れて、呆然《ぼうぜん》として見送っていると「さすが本家の大女将」と声がする。房子である。少し離れた後ろから付き従っていたのだ。

晴れ晴れとした顔で奈緒子の横に並ぶと、「よくぞ、言って下さいました」と去って行く車に深く辞儀している。

これでは、一難去ってまた一難。

ますます気が休まる暇もなさそうだ。

成美との雑誌の対談も引き受けることにした。

菊亭の菊を始め、金沢の女将たちに何を言われるかはわからないが、ここは、かぐらやの女将として、度量を見せることにしたのだ。

「あ、いいですね、その笑顔。もっと近くに寄ってもらってもいいですか？」

カメラマンの声に、奈緒子と成美は少し膝を詰めた。

成美は今日も白いパンツスーツである。自信ある女経営者の表情で、かぐらやの談話室のソファに座り、スラリと伸びた足を組んでいる。

奈緒子はその成美の隣で、背筋を伸ばすと、佳乃に言われた通り、カメラの前でも、着物や帯の絵柄がよく見えるようにポーズをつけた。

抑えた茜色《あかねいろ》の友禅に、帯の下から裾にかけ、金色と墨色の松の絵柄が重なり合うように描かれている。松は常盤木《ときわぎ》とも呼ばれ、縁起が良い。正月を先取りした絵柄だ。

カメラマンがシャッターを切る。休憩時間なので、彩にも覗きに来るように言ったのだが、「いえ、私は遠慮します」と断った。

かぐらやで女将修業をするために、母親の元を飛び出し、飛鳥グループを辞めたのだ。その女将修業を無事卒業するまでは、母親に会うつもりはないようで、初めて母親に反抗した娘としての意地もある。

成美も彩のことは何も聞いてこない。そんな娘を見守ろうとしているのか、自分の元を勝手に去った娘をすでに突き放しているのか。

奈緒子には、そこのところはわからないが、こちらも娘と母である。佳乃とヨネのように、互いの思いをわかり合う日がくるかもしれない。

そして、その佳乃は、すでにここにはいない。

佳乃は、あの後、母親のヨネから送られた「花嫁のれん」を大事にスーツケースに詰めると、またフランスへと旅立った。

「何や、いきなり来たと思ったら、またいきなり帰って行ったんやな」

佳乃がすでにパリ行きの飛行機に乗っていると、板場で夕食の仕込みを始めた辰夫にそう伝えると、呆れたように呟いた。

西風に乗ってやって来たと思ったら、東風に乗って帰って行ったような慌ただしさだった。来た時と同じつばの広い帽子をかぶった佳乃は、旅館の玄関で見送る奈緒子に、こう言い残した。

「イノベーションは、やりとげるべきです」と。

「志乃姉様の遺言でもあるのです。そしておもてなしの心にも、また変革が必要です」

それが、あの「ノンのおもてなし」だ。

ノン、つまりは、出来ませんである。

でも、それは……。

「出来ないとは言いません」とする、本家柿沼の老舗のおもてなしとは、真っ向から違うことになる。

そんなことをかぐらやがしようものなら、ヨネが何と言ってくるか。

破門。

また、その文字が頭をよぎり、背筋がゾッとする。

――奈緒子さん、女将修業に終わりはありません。

――これもその修業の一つ。自分で答えを見つけるまっし。

その通りだ。

奈緒子が自分で、その答えを見つけていくしかない。カメラの前で、笑顔を見せながら、奈緒子は心の中で、志乃の声にしっかりと頷いた。

そして、あの野田が連れてきたフーディーたちである。

トムとジェリーが出立する日の朝、食事が済んだ頃合いに奈緒子は客室にうかがったのだ。「自分たちが良くなかった」とジェリーは反省していたが、トムは不満気であった。奈緒子は、そんな二人に足湯でのもてなしをした。

野田が、運んできたお湯の入った二つの盥《たらい》を窓際の広縁に並べて置く。椅子に座り、そこに、足を浸けてもらった。奈緒子がトムの足を、隣では、彩がジェリーの足を、その盥の中で、揉みほぐしていく。

最初は何をされるかと戸惑っていたようだが、足裏のツボを程よく押され、次第にその心地よさでリラックスしたようだ。しばらくすると、二人の穏やかな寝息が聞こえてきた。

「ワシと同じで、あまりの気持ちよさに、さっき、起きたばかりやのに、また寝てしまいましたな」

野田も、奈緒子と優香の足湯でもてなされた時に、同じように寝入ってしまったのだ。

出立の時間があるのだが、「ぎりぎりまで、このままで」との野田の言葉に、奈緒子と彩は、毛布をそっと二人の体にかけた。だから、あの後、玄関でのお見送りの時、二人してまだ眠たそうな顔をしていたのだ。

そんな二人だが、日本を旅した写真をＳＮＳに上げていて、それを彩が見つけた。たくさんの写真が載せられている中に、かぐらやの写真もあった。そこには、英語でこう書かれていた。

「かぐらやの足湯、最高！　今度は、叱られないように気をつけます！」

自撮りした笑顔の写真には、トムは猫の耳を、ジェリーは口にひげを描き足している。

野田からも、「また次のお客を連れて行きたいんですわ」との電話が、今度は台湾からかかってきた。その客は、品のある大金持ちなので、騒いだりはしないということである。

「もうわかってるかと思いますが、父の言うことは信用しないで下さい」と彩がまたクールに言った。


空を見上げると、今日も雪が舞っている。

金沢は、毎日、降り続く雪で、山は雪化粧に覆われだし、町中の浅野川の岸辺の辺りも一面真っ白になっている。

奈緒子がお出迎えの着物に着替えて、母屋の二階から下りて来ると、縁側の向こうの庭も植木や草が雪に埋もれて、枝や葉がその重みで垂れ下がっている。

「そろそろお客様のご到着です」

いつもの増岡の声が旅館の方から聞こえる。

本家でお仕えした「お嬢様」であった佳乃が去った後は、少し寂しそうだったが、そうしてばかりもいられない。

正月の支度に急ぎ取り掛からなければと、門松の手配から、しめ飾り、鏡餅と大忙しだ。その前に、クリスマスもある。玄関にもみの木を置き、毎年、かぐらやでも飾り付けをするのだ。

奈緒子も一緒にその段取りや準備をしなくてはならない。だが、まずは、今日のお客様のお出迎えである。

渡り廊下を渡りながら、いつものように帯締めをキュッと締め上げた。

が、首を傾げる。

どうしても、腑に落ちないことがあるのだ。

佳乃とヨネのことは、奈緒子が一計を案じたように見えるが、果たしてそうだったのかという気がしている。

そもそも、公平で寛大な立場である柿沼の大女将が、勘当した娘をかぐらやが雇ったと、言いがかりとしか思えないことで、破門にするなどとは、みんなが言う通り、あまりにも勝手な言い草だ。

どう考えても、おかしな話である。奈緒子が、かぐらやへ来て欲しいと申し出た時に、すんなりやって来たのもおかしい。

――もしかしたら……。

ヨネは、奈緒子のおせっかいを生前の志乃から聞いていたのかもしれない。それで、ヨネの方が一計を案じ、娘との再会を仕向けたようにも思えてしまう。

となると……。

ヨネは、奈緒子のしようとすることをすべてお見通しだった。奈緒子は、まんまとヨネに乗せられたということになるではないか。

あの一件で奈緒子は、食欲も減退し、重なる不安のストレスで、毎日胃薬まで飲んでいたというのに。

さすが、本家柿沼の大女将というべきか。

けれど……。

だとしても、ヨネは、良き思い出が出来たと喜んでくれた。それでいい。

――良き思い出は、心の宝。

――その宝をつくっていただくことこそ、おもてなしの心。

渡り廊下を渡り終えると、帳場の前では、房子が奈緒子が来るのを控え待っている。

房子も佳乃がいなくなって寂しいに違いない。房子の生きがいは志乃のような女将にかしずき、務めあげることである。佳乃であれば、そんな志乃に代われたかもしれないのに、奈緒子はまだまだというところのようだ。

「また、これからは、私が亡き大女将に代わって、僭越《せんえつ》ながらもご指導をさせていただくほかありません」

何も言わずとも、奈緒子を迎えるきりりとした眼鏡の奥の目が、そう語っている。

あと、楽しみが出来た。

年末年始の忙しい間だけではあるが、優香がかぐらやに手伝いに来てくれることになったのだ。

「女将さん、よろしくお願いします」

電話の向こうの優香の声も弾んでいる。

翔太もそれを知り、喜んでいる。「会った時に、もう一度、自分の気持ちを伝えます」

今から奈緒子に、その意気込みを話している。そうなると、彩の胸の内が気になるが、彩も優香とは仲がいいので、こちらも再会を楽しみにしている。

そして宗佑であるが、今は毎日、真面目に仕事に励み小籠包を作っているけれど、この前、奈緒子に隠れて、台湾に二号店をオープンしようとした時のように、何かを企んでいるような気がしてならない。油断大敵だ。

佳乃もまたやって来そうな気がする。

村田の屋敷の離れには、佳乃のチェンバロがそのままになっている。フランスに帰る前に、「もうしばらく、置いておいて欲しい」と頼みに来たそうだ。

生前の志乃が佳乃に宛てた遺言のような手紙。

佳乃は、もしかしたら、志乃亡き後のかぐらやを気にかけて、フランスからやって来てくれたのかもしれない。

いや、まだそう思うのは早い。

ほんとに次は、大女将として舞い戻って来るかもしれない。そうなったら、またしても「私はあなたの姑ということね」と言いだすかもしれないのだ。

房子が会釈し、奈緒子の後に従う。

玄関前では、彩や知子たち仲居がすでに並んで座り、やって来た奈緒子と房子に会釈する。

増岡も糊の利いた法被を着て、玄関脇に立っている。

お客様がお見えになった。

両手をつき、笑顔を向ける。

「ようこそ、かぐらやへ、お越し下さいました」

さあ、今日も頑張るまっし。

また、かぐらやの一日が始まる。

この作品は書き下ろしです。原稿枚数３８７枚（４００字詰め）。

幻冬舎文庫

●好評既刊
花嫁のれん 大女将の遺言
小松江里子

女将の奈緒子は持ち前の明るさで、金沢の老舗旅館「かぐらや」を切り盛りしている。ある日、無茶な注文をするお客がやってきて……。お腹も心も満たされる人情味溢れる物語、ここに開店！

●最新刊
みがわり
青山七恵

ファンを名乗る主婦から、亡くなった姉の伝記執筆を依頼された作家の律。姉は生前の姿形が律と瓜二つだったという。伝記を書き進めるうち、依頼主の企みに気づいた律。姉は本当に死んだのか。

●最新刊
#塚森裕太がログアウトしたら
浅原ナオト

高三のバスケ部エース・塚森裕太が突然「ゲイ」だとSNSでカミングアウトした。周囲は騒然とするが反応は好意的。しかし彼の告白に苦しみ、葛藤する者たちもいた。痛みと希望の青春群像劇。

●最新刊
もうレシピ本はいらない 人生を救う最強の食卓
稲垣えみ子

冷蔵庫なし・カセットコンロ1台で作る「一汁一菜」のワンパターンご飯は、調理時間10分、一食200円。これが最高にうまいんだ！「今日何食べよう」の悩みから解放される驚きの食生活を公開。

●最新刊
湯道
小山薫堂

仕事がうまくいかない史朗は、弟が継いでいる実家の「まるきん温泉」を畳んで、一儲けしようと考える。父の葬式にも帰らなかった実家を久しぶりに訪れるが。笑って泣いて心が整う感動の物語。

花嫁《はなよめ》のれん

老舗《しにせ》破門《はもん》

小《こ》松《まつ》江《え》里《り》子《こ》

令和5年1月15日　初版発行

発行人――石原正康
編集人――高部真人
発行所――株式会社幻冬舎
〒151-0051東京都渋谷区千駄ヶ谷4-9-7
電話　03(5411)6222(営業)
　　　03(5411)6211(編集)
公式HP　https://www.gentosha.co.jp/
印刷・製本―図書印刷株式会社
装丁者――高橋雅之

幻冬舎文庫

ISBN978-4-344-43260-4　C0193　こ-45-2

この本に関するご意見・ご感想は、下記アンケートフォームからお寄せください。
https://www.gentosha.co.jp/e/